안개의 왕자

For my
friends and readers in
Korea.
Happy reading!

CARLOS RUIZ ZAFON

오르페우스호의 비밀

안개의 왕자

카를로스 루이스 사폰 장편소설 김수진 옮김

살림

마리 카르멘에게 바친다

독자 여러분!

사실 이런 글 같은 건 건너뛰고 곧바로 소설로 들어가는 게 좋을 수도 있습니다. 원래 책이라는 게 책 그 자체로 말해야지 거추장한 서설序說 같은 게 다 무슨 소용 있겠습니까. 하지만 지금 독자 여러분이 손에 들고 있는 이 책이 어떻게 탄생하게 되었는지가 궁금하시다면, 짧게 이야기할 테니 잠시 짬을 내어 이 글을 읽어보시기 바랍니다.

『안개의 왕자』는 제 처녀작이며, 저는 이 작품을 계기로 전업 작가의 길로 들어서게 되었습니다. 아마도 제가 스물여섯인가 스물일곱 살 때였을 겁니다. 그 당시에는 그게 엄청난 나이로 느껴졌었지요. 마땅히 기대볼 출판사가 없던 탓에 저는 이 작품을 전혀 생소한 분야였던 청소년문학공모전에 출품했고, 수상이라는 영예를 안았습니다.

사실, 저는 어린 시절에 '청소년 도서'라는 딱지가 붙은 책을 따로 읽어본 적이 별로 없었기 때문에 청소년용이나 다른 일반 소설이나 큰 차이가 있다고 생각지 않았습니다. 청소년 독자들이 장년층 독자들에 비해 더 영민하거나 날카롭다는 느낌이 들지 않았으니까요. 다만, 청소년 독자들은 별로 신중하지 않은 대신 비교적 편견에서 자유롭다는 차별성을 갖고 있었습니다. 바로 그런 특성 때문에 작가가 그들을 사로잡기도 하고 또 반대로 가차 없이 버림받기도 하는 것이지요. 한마디로 청소년 독자들은 까다롭고 어려운 대상이었습니다. 그러나 저는 바로 그런 특성이 마음에 들었고, 또한 그것이야말로 청소년의 당연한 권리라는 생각도 들었습니다. 여하튼, 다른 설명은 차치하고, 『안개의 왕자』를 쓸 당시 저는 제가 열서너 살 때 읽고 싶었던 책, 그러나 동시에 스물셋이 되어서도, 마흔셋이 되어서도, 심지어 여든셋이 되어서도 재미있게 읽을 수 있는 그런 책을 써봐야겠다 싶었습니다.

1993년에 출간된 『안개의 왕자』는 청소년을 비롯한 다양한 연령층의 독자들에게 대단한 환영을 받았습니다. 그러나 사실 그런 박수를 받을 만한 대단한 작품이라고는 생각지 않습니다. 그러나 15년을 전업 작가로 살아온 제가 새삼 이 보잘것없는 작품을 처음 모습 그대로 독자들의 손에 쥐어주고자 합니다.

사실 오래전 새내기 작가 시절에 쓴 작품을 읽다 보면 대부분의 중견 작가들은 그간의 쌓인 내공을 십분 발휘해 곳곳을 다듬거나 아예 통째로 다시 써버리고 싶은 유혹을 느끼게 되는 게 인지상정이지요. 그러나 저는 이 작품을 부족한 그대로, 다듬어지지 않은 모습 그대로 두려고 합니다.

『안개의 왕자』는 『한밤의 궁전』 『9월의 빛』 『마리나』 등으로 이어지는, 『바람의 그림자』보다 여러 해 앞서 출간된 '연작 소설'의 첫 번째 작품입니다. 여러분이 이미 『바람의 그림자』를 접해본 성인 독자라면 새삼 이 신비스러운 모험담에 빠져보기를 바라며, 청소년 독자라면 이 책을 재미있게 탐독하면서 독서라는 자기만의 모험에 첫 발을 내디딜 수 있기를 바랍니다.

젊은 독자이든, 그렇지 않은 독자이든, 이 책을 읽는 모든 독자 여러분! 부디 즐거운 독서 되시기 바랍니다. 감사합니다.

카를로스 루이스 사폰

1

오랜 세월이 흐른다 해도 우연히 마법을 경험하게 되었던 그 해 여름의 추억은 막스의 기억 속에서 결코 지워지지 않을 것이다. 전쟁의 기운이 온 세계를 속절없이 휘감고 있던 1943년 6월 중순, 막스가 열세 번째 생일을 맞이하던 그날, 시계수리공이자 한가한 시간이면 발명에 심취하기도 하는 아버지가 온 가족을 거실로 불러 모으더니 오늘 밤이 지난 십년간 살아왔던 이 집에서 보내는 마지막 밤이 될 거라고 통보했다. 내일이면 도시의 삶과 전쟁을 뒤로 하고 멀리 대서양 해안에 자리 잡은 조그만 바닷가 마을로 이사를 갈 거라는 얘기였다.

아버지는 이사 계획은 번복할 수 없으며, 온 가족이 다음 날 아침 일찍 출발해야 하니 그 전에 각자의 짐을 꾸리고, 새 집까지 먼 길을 가는 동안 필요한 물건들도 챙기라고 했다.

가족들은 별다른 동요 없이 아버지의 통보를 받아들였다. 이미 오래전부터 가장인 막시밀리안 카버가 도시를 떠나 좀 더 살기 좋은 곳으로 이주할 생각을 해왔다는 걸 알고 있었기 때문이었다. 그러나 막스는 아니었다. 막스에게 이사 소식은 브레이크가 파열된 전동차가 전속력으로 중국 도자기 상점을 덮치는 것과 같은, 그야말로 청천벽력 같은 소식이었던 것이다. 어안이 벙벙해 놀란 입을 다물지 못하는 막스의 얼굴색이 하얗게 변했다. 짧은 찰나였지만 그의 머릿속으로 학교 친구들과, 골목길에서 함께 뛰어놀던 불알친구들과, 길모퉁이 만홧가게까지, 그의 세계가 통째로 사라져버릴지도 모른다는 무시무시한 불안감이 스쳐 지난 것이다. 그야말로 삽시간에 그 모든 추억이 지워져버릴지도 모른다는 불안감이.

다른 식구들은 체념한 듯 각자의 방으로 가 짐을 꾸리기 시작했지만 막스는 여전히 꼼짝 않은 채 아버지만 올려다보고 있었다. 인자한 시계수리공 아버지가 아들 앞에 무릎을 꿇고 눈높이를 맞춘 뒤 아들의 양어깨에 손을 얹었다. 막스의 눈빛이 그 어떤 책보다도 소년의 마음을 잘 설명하고 있었기 때문이었다.

"마치 세상이 끝나버린 느낌이지, 막스? 하지만 새로 이사 가는 곳도 마음에 들 거야. 새 친구들도 마음에 들 거고. 두고 봐."

"전쟁 때문에 그러시는 거예요?" 막스가 물었다. "그래서 이사 가야 하는 거예요?"

막시밀리안 카버는 아들을 품에 꼭 끌어안더니, 여전히 미소 띤 얼굴로 조끼 주머니에서 체인이 달린 반짝거리는 물체를 꺼내 아들의 두 손에 꼭 쥐어주었다. 회중시계였다.

"네게 주려고 만든 거란다. 생일 축하한다, 막스!"

막스는 은 세공이 된 시계 뚜껑을 열어보았다. 시계 자판 한가운데는 태양이 새겨져 있었고 숫자판 자리에는 숫자 대신 시간의 흐름에 따라 점점 찼다가 기우는 달의 모습이 촘촘히 박혀 있었다. 그리고 뚜껑 안쪽에는 아버지가 직접 새긴 '막스의 시계'라는 글귀가 새겨져 있었다.

그날 밤, 왜였는지는 알 수 없지만, 아버지가 선물해주신 회중시계를 손에 든 채 여행 가방을 들고 분주히 계단을 오르락내리락하는 가족들을 지켜보던 막스는 더 이상 '꼬맹이'가 아니었다.

*　　*　　*

열세 번째 생일날 밤, 막스는 잠을 이룰 수 없었다. 다른 가족들은 모두 잠들었지만 그는 그동안 쌓아올린 그만의 작은 우주에 마지막 작별을 고해야 하는 슬픈 새벽을 뜬눈으로 맞이하고 있었던 것이다. 벌써 몇 시간째 꼼짝 않고 침대에 누워 허공만 바라보고 있었다. 천장에는 푸르스름한 밤기운이 춤을 추고 있는 게, 마치 바야흐로 다가올 그의 운명을 비추는 유리구슬 같았다. 손 안에는 아버지가 생일선물로 주신 회중시계가 있었다. 자판에 박힌 활짝 웃는 달님들이 어스름한 밤빛에 반짝였다. 어쩌면 지난 오후부터 막스가 품기 시작한 갖가지 의문에 대한 해답이 그 달님들 속에 담겨 있는지도 모를 일이었다.

마침내 푸르스름한 지평선 위로 동이 트기 시작했다. 막스는 침대에서 벌떡 일어나 거실로 나갔다. 아버지가 옷을 다 챙겨 입은 채 팔걸이의자에 앉아 램프 불빛 아래서 책을 읽고 있는 모습이 보였다. 아마도 밤을 꼬박 샌 게 막스만이 아닌 모양이었다. 아버지가 미소를 띠며 책을 덮었다.

"무슨 책 읽으세요?" 막스가 두툼한 책을 가리키며 물었다.

"코페르니쿠스에 대한 책이란다. 코페르니쿠스가 누군지는 알지?" 아버지가 말했다.

"그럼요. 학교 다니는데요." 막스가 대답했다.

아버지는 막 나무에서 떨어진 아들에게 하듯이 이것저것 물어보는 습성이 있었다.

"누군데?" 아버지가 다시 물었다.

"태양이 지구 주변을 도는 게 아니라 지구가 태양 주위를 돈다는 사실을 밝혀낸 사람이잖아요."

"대충 아는구나. 그런데 그게 뭘 의미하는지 아니?"

"너무 어려운 질문이에요." 막스가 대꾸했다.

아버지는 환한 미소를 띠며 그 두툼한 책을 아들에게 내밀었다.

"가져라. 네게 줄 테니, 읽어보렴."

막스는 가죽 장정이 된 그 신기한 책을 이리저리 살펴보았다. 천년은 족히 됨 직해 보이는 그 책 속에는 백년간 책 속에 갇혀 있어야 하는 저주를 받은 늙은 정령의 혼이라도 깃들어 있을 것 같았다.

"자! 누이들은 누가 깨우나?" 아버지가 물었다.

막스는 그 책에서 시선을 떼지 않은 채, 깊은 잠 속에 빠져 있는 열다섯 살 누나 알리시아와 여덟 살 난 여동생 이리나를 깨우러 가는 영광을 기꺼이 아버지에게 양보하겠다는 의미에서 턱 끝으로 아버지를 가리켰다.

아버지가 식구들을 깨우러 가자 막스는 아버지가 앉아 있던 팔걸이의자에 앉아 책을 펼쳐들고 읽기 시작했다. 그리고 30분 후, 막스네 온 가족은 새로운 삶을 찾아 마지막으로 현관 문턱을 넘었다. 그 여름이 시작되고 있었다.

*　*　*

언젠가 막스는 아버지의 책에서 어린 시절의 몇몇 기억은 그 기억의 영상이 마치 사진 앨범처럼 머릿속에 깊이 새겨져 평생토록 돌이키며 추억하게 된다는 이야기를 읽은 적이 있었다. 그리고 바다를 처음 보는 순간, 막스는 그 말의 의미를 이해할 수 있을 것 같았다. 다섯 시간쯤 기차를 달린 끝에 어느 캄캄한 터널을 막 벗어나는 순간, 찬란한 햇빛이 스펙트럼처럼 그의 눈앞으로 펼쳐지기 시작했다. 정오의 햇살 아래 반짝이는 푸른 바다가 마치 초자연적 존재라도 되듯이 그의 망막에 깊이 새겨지고 있었다. 기차가 해안

선을 따라 달리기 시작하자 막스가 창밖으로 고개를 내밀었다. 찝
찔한 바다 냄새가 바람에 실려와 얼굴을 간질였다. 객차 저 끝 쪽
좌석에 앉아 있던 아버지를 돌아보니 아버지는 아직 하지도 않은
막스의 질문을 다 알겠다는 듯 묘한 미소를 지어 보였다. 막스는 그
순간 깨달았다. 이 여행의 끝이 어디건, 이 기차가 정차하는 역이
어디건, 그건 이제 아무 상관없다는 것을, 그리고 이제부터 그는 하
늘로 하늘로 날아오르는 투명한 마법의 증기처럼 허공을 가득 채
우고 있는 저 눈부시도록 푸르른 빛의 향연 속에서 매일 아침을 맞
이하게 될 것이라는 것을. 그것은 막스 자신이 스스로에게 한 약속
이었다.

*   *   *

　막스가 시골 역 플랫폼에 서서 저만치로 멀어져가는 열차를 바
라보고 있는 사이, 막시밀리안 카버는 역장실 앞에 짐을 놓아두고
가족들에게 잠시 기다리라고 한 뒤 택시 운전사와 택시비 흥정에
나섰다. 식구들이 다 타야 하고, 이삿짐에 갖가지 개인 물품까지 한
꺼번에 최종 목적지로 실어 날라야 했기 때문이었다. 마을에서 기
차역으로 이어지는 길을 따라 서 있는 아름드리나무들 사이로 살
짝살짝 보이는 역사 부근의 집들을 보며 막스가 받은 첫인상은 마
을 전체가 하나의 모형 같다는 것이었다. 마을 전체가 마치 장난감
기차 수집가가 선로 옆에 놓아둔 미니어처 같아서, 거리를 따라 오

십 보만 걸어 나갔다가는 자칫 탁자 아래로 툭 떨어져버릴 것 같은 느낌이랄까? 그런 특이한 느낌과 더불어 막스는 흥미로운 코페르니쿠스의 지동설을 새삼 떠올리기 시작했다. 문득 어머니 목소리가 들려와 우주론에 빠져 있던 막스가 퍼뜩 정신을 차렸다.

"그래, 마음에 드니, 안 드니?"

"아직 잘 모르겠어요." 막스가 대답했다. "꼭 모형 같거든요. 장난감 가게 진열장 속에 있는 모형 말이에요."

"그렇게도 보이는구나." 어머니가 미소를 지었다. 어머니의 웃는 얼굴을 보고 있으면 늘 안색이 창백한 여동생 이리나의 얼굴이 떠오르곤 했다.

"아버지한테는 그런 말 말거라." 어머니가 말했다. "저기 오신다."

막시밀리안 카버가 기름때와 그을음과 뭔지 모를 갖가지 얼룩이 잔뜩 묻은 옷을 입은 건장한 운전수 두 명을 데리고 나타났다. 운전수들은 하나같이 숱 많은 콧수염을 기르고 있었고, 마치 유니폼이라도 되는 듯 해군용 모자를 쓰고 있었다.

"이쪽은 로빈, 그리고 이쪽은 필립이야." 아버지가 인사를 시켰다. "로빈 차에는 짐을 싣고, 필립 차에는 식구들이 타도록 하자. 알겠지?"

건장한 두 남자는 식구들의 대답을 기다릴 틈도 없이 산더미처럼 쌓여 있는 이삿짐 쪽으로 가더니 별로 힘도 들이지 않고 큼지막한 가방들을 번쩍 들어 올려 자동차에 차곡차곡 쌓았다. 막스는 방글거리며 웃고 있는 달님 자판이 달린 회중시계를 꺼내 보았다.

바늘이 오후 2시를 가리키고 있었다. 역사에 걸려 있는 낡은 시계는 12시 반을 가리키고 있었다.

"역사에 있는 시계가 틀리네." 막스가 중얼거렸다.

"그래?" 아버지가 활기찬 목소리로 말했다. "도착하자마자 일감이 생길 모양이다."

어머니가 엷은 미소를 지었다. 어머니는 아버지가 낙천적인 사고를 드러낼 때마다 늘 그렇게 미소 지으셨다. 그러나 막스는 그런 어머니의 눈빛에서 일종의 슬픈 그림자를 읽어낼 수 있었다. 뿐만 아니라 그런 어머니의 눈동자에서는 기묘한 광채가 발하곤 했는데, 그걸 보면서 막스는 어려서부터 어머니가 다른 사람의 미래를 예지하는 능력이 있는 게 아닌가 생각했었다.

"다 잘될 거예요, 엄마." 막스는 이렇게 말해놓고는 순간 이런 말을 하다니 참 어리석구나 싶었다.

어머니가 아들의 뺨을 쓰다듬으며 웃어주었다.

"그래, 막스. 다 잘될 거야."

바로 그 순간, 막스는 누군가의 시선을 느꼈다. 얼른 돌아보니 역사 창문에 덧씌워진 창살 너머에서 호랑이를 닮은 고양이 한 마리가 마치 그의 머릿속 생각을 읽어내기라도 하려는 듯 그를 노려보고 있는 게 보였다. 눈을 한 번 깜빡인 고양이는 고양인지 아닌지 모를 정도의 그 엄청난 몸집과는 어울리지 않게 날랜 동작으로 창틀에서 뛰어내리더니 막내 여동생 이리나에게로 쪼르르 다가가 그 하얀 복사뼈에 등을 비벼댔다. 이리나가 쪼그리고 앉더니 나지막이

야옹거리는 고양이를 쓰다듬어주다가 두 팔로 안아 올렸다. 고양이는 어느새 울음소리를 그치고는 소녀의 손가락을 부드럽게 핥아댔다. 고양이의 애교에 넋이 빠진 이리나가 미소 짓더니 그대로 고양이를 안고 가족들이 기다리고 있는 곳으로 왔다.

"오자마자 아무거나 안고 오면 어떡하니? 뭔지도 모르면서." 알리시아가 짜증 섞인 목소리로 야단을 쳤다.

"아무거나가 아니고 집 잃은 고양이야." 이리나가 대꾸했다. "엄마?"

"이리나! 우선 집에라도 가고 나서……." 어머니도 잔소리를 할 기세였다.

이리나가 어머니의 가녀린 손목을 붙들고 늘어졌다. 고양이가 응원이라도 하듯이 달콤하고 고혹적인 울음소리를 냈다.

"정원에 둘게요. 제발요……."

"그렇게 더럽고 살찐 고양이를?" 알리시아가 말했다. "엄마! 설마 또 쟤 고집대로 하게 내버려두시려는 건 아니죠?"

이리나가 추호의 흔들림도 없는 깊은 눈빛으로 언니를 노려보았다. 한마디만 더 하면 일전도 불사하겠다는 의지가 담겨 있는 눈빛이었다. 알리시아도 동생을 노려보더니 결국 분노의 한숨을 내쉬며 돌아서 운전수들이 짐을 싣고 있는 쪽으로 가버렸다. 가는 길에 아버지와 엇갈렸는데, 아버지는 알리시아의 얼굴이 벌겋게 달아오른 걸 곧바로 눈치챘다.

"벌써 싸우는 거니?" 막시밀리안 카버가 물었다. "이건 또 뭐고?"

"집 잃은 외로운 고양이예요. 데려가도 되죠? 정원에서 살게 하면서 제가 돌볼게요. 약속해요." 이리나가 재빨리 말했다.

아버지가 난처한 얼굴로 고양이와 아내의 얼굴을 번갈아 쳐다보았다.

"글쎄, 엄마한테 여쭤봐야 할 것 같은데……."

"당신 생각은 어때요, 여보?" 아내가 되레 반문했다. 난처한 딜레마를 남편에게 떠넘겨 고소하다는 표정이 역력했다.

"음……, 우선 수의사한테 먼저 보여야 하고, 또……."

"아빠, 제발요……." 이리나가 다 죽어가는 목소리로 애원했다.

아버지와 어머니는 모종의 눈빛을 교환했다.

"좋아!" 아버지가 이 여름을 가족간의 갈등으로 시작할 수는 없다는 듯 결단을 내리고 말았다. "대신, 네가 알아서 돌보는 거다. 약속하는 거지?"

이리나의 얼굴이 환하게 밝아졌고, 고양이의 눈은 반짝이는 황금빛 자판 위에서 검정색 시침과 분침이 하나로 겹쳐지듯 그렇게 가늘어졌다.

"자, 짐도 다 실었으니, 이제 출발하자!" 아버지가 말했다.

이리나는 고양이를 품에 안고 얼른 자동차로 뛰어갔다. 고양이는 소녀의 어깨에 고개를 기댄 채 여전히 막스를 노려보고 있었다. '우리를 기다리고 있었던 게 분명해.' 막스는 생각했다.

"뭘 그렇게 멍하니 서 있니, 막스? 어서 가자!" 아버지가 어머니와 손을 잡고 자동차로 걸어가면서 불렀다.

막스도 얼른 부모님 뒤를 따랐다.

그런데 그 순간, 막스는 불현듯 고개를 돌려 역사에 달려 있는 자판조차 시커멓게 때가 낀 낡은 시계를 쳐다보게 되었다. 가만히 보니 뭔가 달라진 게 있었다. 분명히 역에 도착했을 때 시계바늘이 12시 반을 가리키고 있었는데, 지금 시계바늘은 12시 10분 전을 가리키고 있었다.

"막스!" 이미 자동차에 올라탄 아버지가 불렀다. "출발한다!"

시계는 고장 난 게 아니라 완벽하게 작동하고 있었다. 다만, 다른 게 한 가지 있었다면, 시간이 거꾸로 가고 있다는 것이었다.

2

카버 가족의 새 집은 바다를 면하고 있는 기다란 해변 북쪽 끝에 위치하고 있었다. 해변에는 반짝거리는 금모래로 이루어진 새하얀 백사장이 펼쳐져 있었고, 백사장 군데군데에는 들풀들이 군락을 이룬 채 바닷바람에 흔들리는 게 마치 작은 섬처럼 보였다. 그리고 그 해안선을 따라 마을이 형성되어 있었다. 푸근한 느낌의 파스텔 톤으로 칠이 된 아담한 목조 주택들은 대부분 2층을 넘지 않고, 마당이 딸려 있었다. 그리고 집집마다 하얀색 울타리들이 있었는데, 깔끔하게 정돈된 그 모습이 막스가 조금 전 역에 막 당도해서 받았던 첫인상과 마찬가지로 장난감 집을 보고 있는 듯한 느낌을 풍겼다. 차창 밖으로 마을 전경과 대로변의 모습, 시청 앞 광장

등이 보였다. 아버지는 가이드라도 된 듯 열심히 마을의 장점에 대해 쏟아내고 있었다.

동네는 조용했고, 처음 바다를 보았을 때 막스를 마법처럼 사로잡았던 예의 그 찬란한 빛이 감돌고 있었다. 마을 사람들은 대부분 자전거를 타고 다니거나 걸어 다니고 있었다. 거리는 깨끗했고 가끔씩 지나는 자동차 소리를 제외한다면 들리는 소리라고는 오로지 해안으로 밀려드는 잔잔한 파도소리뿐이었다. 차를 타고 마을을 지나면서 막스는 바야흐로 새로운 삶을 펼치게 될 무대를 지켜보는 가족 구성원 하나하나의 얼굴에서 만감이 교차하고 있는 걸 보았다. 우선, 어린 동생 이리나와 고양이는 벌써 내 집에라도 와 있는 양 호기심 어린 눈빛으로 줄지어 지나가는 거리와 집들을 바라보고 있었다. 뭔지 모를 생각에 깊이 잠겨 있는 알리시아는 마치 수천 킬로미터 떨어진 다른 곳에 생각이 가 있는 것 같았다. 그리고 그런 모습을 지켜보면서 막스는 자신이 누나에 대해 너무 모르고 있음을 다시 한 번 상기하게 되었다. 어머니는 어쩔 수 없이 삶의 터전으로 받아들여야 하는 새 동네를 언제나의 그 미소를 띤 채 바라보고 있었다. 하지만 사실 그 미소는, 막스는 잘 감지하지 못할 어떤 이유 때문에 어머니의 가슴속에 일고 있는 불안감을 감추기 위한 일종의 가림막에 불과했다. 끝으로 아버지 막시밀리안 카버는 새 동네를 지나며 뿌듯한 눈빛을 가족들 하나하나에게 던졌다. 아버지와 눈이 마주친 우리는 하나같이 반사적인 미소로 답했다. 온 가족을 새로운 낙원으로 인도했다고 믿고 있는 사람 좋은 아버지에게 다른 낌새라도 보였다가는 자칫 상처를 줄 수도 있다는 무언의 공감대가 형성되어 있기 때문이었다.

온통 푸른빛이 감도는 평화로운 시골 풍경을 바라보자 막스는 전쟁의 환영이 머나먼 남의 일이거나 아예 현실과는 동떨어진 일처럼 느껴지면서, 이런 곳으로 이사를 결심한 아버지에게 어쩌면 천재적인 직관력이 있는 건지도 모르겠다는 생각을 했다. 자동차가 집으로 이어지는 길로 접어들 무렵, 막스는 이미 기차역의 시계라든지 이리나의 새 친구가 되어버린 고양이를 처음 보았을 때 느꼈던 불안감 같은 건 잊어버렸다. 그가 바다로 시선을 던졌다. 그 순간, 마치 신기루처럼 양 끝이 뾰족하게 날이 선 검은 배 한 척이 바다 위로 길게 드리운 물안개 속을 항해하고 있는 모습이 보였다. 그리고 눈 깜짝할 새에 그 배는 다시 사라져버리고 말았다.

*　　*　　*

새 집은 2층짜리 집으로, 해안에서 50미터 정도 떨어진 곳에 자리 잡고 있었으며, 아담한 마당도 딸려 있었다. 집을 둘러치고 있는 하얀색 울타리는 칠이 다 벗겨져 새로 페인트칠을 해야 할 것 같았다. 짙은 색으로 된 지붕을 뺀 나머지 부분은 전부 목재로 이루어져 있었으며 벽체는 흰 페인트칠이 되어 있었는데, 바다를 면하고 있어서 1년 365일 습기 찬 염기성 바닷바람에 시달리는 걸 고려해보면 상태가 양호한 편이었다.

새집으로 오는 차 속에서 아버지가 가족들에게 들려준 설명에 따르면, 이 집은 1928년에 런던에서 개업하고 있던 유명한 외과의사 리차드 플레이슈만과 그의 아내 에바 그레이가 여름 별장용으로 사용하기 위해 지은 것이었다. 그 집은 마을 사람들 눈에는 좀 별스러운 집이었다. 플레이슈만 부부는 자식이 없어 둘이서만 살고 있으면서 마을 사람들과도 거의 어울리지 않았기 때문이었다. 닥터 플레이슈만은 이곳을 처음 찾은 자리에서, 향후 이 집 안에서 일하는 사람은 물론, 이 집에서 소용되는 모든 물품은 런던에서 직접 공수해올 것임을 명명백백히 밝혔다. 물론 그렇게 하려면 못해도 세 배 이상의 유지비가 필요했지만, 닥터 플레이슈만의 재력은 그 정도는 감당하고도 남음이 있었다.

1927년 겨울 내내 이곳으로 수많은 노무자들과 공사차량들이 드나들고 하루하루 조금씩 구조물이 올라가는 걸 마을 사람들은 의혹과 우려가 뒤섞인 눈초리로 지켜보았다. 그리고 이듬해 봄, 페인트공들이 마지막으로 칠을 마감하고 몇 주 후, 닥터 플레이슈만 부부가 여름휴가를 즐기기 위해 별장을 찾았다. 그리고 머잖아 해변의 그 집은 마치 부적이라도 된 듯 그들 부부의 삶을 완전히 바꿔놓았다. 몇 년 전 사고로 임신 능력을 완전히 상실한 것으로 보였던 의사의 아내가 새집으로 온 첫해에 덜커덕 임신을 하게 된 것이다. 1929년 6월 23일, 닥터 플레이슈만의 부인은 남편이 지켜보는 가운데 바로 이 해변의 별장에서 제이콥이라는 사내아이를 출산했다.

제이콥은 닥터 플레이슈만 부부의 쓸쓸하고 고독했던 삶을 뒤바꿔버린, 하늘이 내려준 축복이었다. 아이가 태어나고 얼마 지나지 않아 닥터 플레이슈만과 그의 부인은 마을 주민들과 어울리기 시작했고, 이곳 해변의 집에서 마을 사람들의 인기와 존경을 한 몸에 받으며 행복한 나날을 보냈다. 1936년의 그 비극적 사건이 벌어지기 전까지는 말이다. 1936년 8월의 어느 이른 아침, 어린 제이콥은 집 앞 해변에서 놀다가 그만 익사 사고를 당하고 말았다.

너무나도 사랑스러운 아들이 이들 부부에게 가져다주었던 행복과 빛은 그날로 완전히 끝장나고 말았다. 1936년 겨울부터 닥터 플레이슈만의 건강이 급속히 나빠지기 시작했고, 의사들 진단대로 결국 그는 1938년의 여름을 끝내 보지 못한 채 세상을 떠버렸다. 남편이 사망하고 1년 뒤, 미망인은 그 집을 내놓았다. 그러나 여러 해가 지나도록 그 집은 임자가 나서지 않았고, 그렇게 해변 끝자락에서 사람들의 뇌리에서 잊힌 채 빈집으로 남아 있게 되었다.

그러다가 우연히 막시밀리안 카버가 그 집을 알게 된 것이다. 시계 부품과 수선용 연장을 구하러 출장을 갔다가 돌아오는 길에 그는 이 마을에서 하룻밤을 보내게 되었다. 자그마한 호텔에서 저녁 식사를 하다가 그는 호텔 주인장과 앉아 이 이야기 저 이야기를 하게 되었고 그 와중에 자기도 오래전부터 이런 조용한 마을에 와서 살기를 꿈꿔왔다고 했다. 마침 호텔 주인이 그 집 이야기를 꺼냈고, 막시밀리안은 일정을 하루 연기하고 다음 날 문제의 집을 둘러보기로 했다. 집으로 돌아가는 길에 그는 머릿속으로 그 마을에서 시계방을 열 수 있을지를 생각하며 온종일 주판알을 튕겨댔다. 그리고 가족들에게 통보하기까지 8개월이 걸렸지만, 사실 그의 마음은 이미 그날로 결심이 서 있었다.

*　*　*

막스에게 해변의 집으로 이사 온 첫날은 갖가지 엉뚱한 사건들로 점철된 날로 기억될 것이다. 우선, 이삿짐 차가 집 앞에 멈춰 서고 로빈과 필립이 막 짐을 부리기 시작하려는데 아버지가 어찌된 영문인지 오래된 물통 비슷한 것에 발이 걸리면서 비틀거리다가 그만 울타리 위로 벌러덩 나자빠지면서 울타리가 4미터 정도 무너져 내리는 일이 벌어졌다. 아버지는 무안해 얼굴이 벌게졌고 식구들이 키득거리는 가운데 그 일은 별일 아닌 걸로 넘어가고 말았다.

건장한 두 운전수들은 이삿짐을 현관 앞까지 옮겨다 놓은 뒤 자기들 할 일은 다 끝났다는 듯 떠나버렸다. 그 많은 짐을 들고 계단을 올라가는 수고는 이제 고스란히 카버 일가에게 남겨진 것이었다. 아버지가 근엄한 얼굴로 현관문을 활짝 열어젖히자 오랜 세월 동안 집 안에 꼼짝 못하고 갇혀 있던 유령들이 쏟아져 나오기라도 하는 듯 집 안을 메우고 있던 퀴퀴한 냄새가 훅 끼쳐왔다. 집 안은 온통 안개처럼 희뿌연 먼지에 뒤덮여 있었고, 창밖에 드리워진 차양 식 덧창 사이로 희미한 햇살만이 스며들고 있었다.

"아휴!" 막스의 어머니가 저 엄청난 먼지를 어떻게 다 치우나 하는 심정에 한숨을 내쉬었다.

"근사하지?" 아버지가 물었다. "그럴 거라고 했잖아."

막스는 누나 알리시아와 체념의 눈빛을 교환했다. 어린 이리나는 멍한 표정으로 집 안을 둘러보고 있었다. 가족들 그 누구도 입을 뗄 엄두를 못 내고 있는데, 이리나 품에 안겨 있던 고양이가 바닥으로 폴짝 뛰어 내리더니 요란하게 야옹거리며 계단을 뛰쳐 올라갔다.

잠시 후, 고양이에 뒤이어 막시밀리안 카버가 새집으로 들어섰다.

"누구 하나라도 맘에 들어야지." 막스가 듣기에는 알리시아가 이렇게 중얼거린 것 같았다.

막스의 어머니는 우선 문과 창문부터 활짝 열어 환기를 시키자고 했다. 그리고 다섯 시간쯤이 지나자 새집은 어느 정도 사람 살 만한 곳으로 바뀌어가기 시작했다. 마치 잘 훈련된 정예군처럼 식구들이 저마다 맡은 임무를 완벽하게 소화해낸 것이다. 알리시아는 방 정리와 침대 정리를 맡았고, 이리나는 한 손에 먼지떨이를 들고 다니면서 구석구석 쌓인 먼지를 털어댔다. 막스는 이리나의 뒤를 이어 떨어진 먼지를 치우는 일을 맡았다. 그사이 어머니는 이삿짐을 풀면서 머릿속에 앞으로 식구들이 해야 할 일들을 정리하고 있었다. 아버지는 수도배관과 전등을 손보았다. 몇 년째 쓰지 않고 방치해두었던 것들이라 제 기능을 되살리도록 하는 일이 여간 힘든 게 아니었다.

마침내 온 가족이 새로 이사 온 집 현관 앞 계단에 모여 앉았다.

그리고 석양에 황금빛으로 물들어가는 바다를 바라보면서 휴식을 취했다.

"오늘은 이 정도 하기로 하자." 온통 그을음과 뭔지 모를 액체를 뒤집어 쓴 아버지가 말했다.

"한 2주 정도 차근차근 손보면 정리가 될 거예요." 어머니도 말했다.

"2층 침실에는 거미들이 쫙 깔렸어요." 알리시아가 말했다. "그것도 엄청나게 큰 녀석들로요."

"거미라고? 와! 어떻게 생겼어?" 이리나가 물었다.

"꼭 너같이 생겼더라." 알리시아가 쏘아붙였다.

"그만들 하자, 응?" 어머니가 콧등을 긁으며 말했다. "아마 막스가 다 잡아줄 거야."

"잡긴 뭘 잡아? 잘 떼어내서 정원에 버리면 되지." 아버지가 말했다.

"하여간 어려운 일은 다 내 차지라니까." 막스가 중얼거렸다. "내가 무슨 터미네이터도 아니고……. 내일 해도 되지요?"

"알리시아?" 어머니가 알리시아에게 물었다.

"거미가 득실득실한 방에서 어떻게 자요? 다른 벌레들도 있을지 모르고요." 알리시아가 말했다.

"못됐어!" 이리나가 내뱉었다.

"괴물!" 알리시아도 가만있지 않았다.

"막스! 여기 또 전쟁 터지기 전에 아무래도 거미 문제부터 해결해주는 게 좋겠다." 아버지가 피곤한 음성으로 말했다.

"죽여버릴까 그냥 겁만 좀 줄까? 다리부터 하나씩 떼어낼 수도 있고……." 막스가 빈정거렸다.

"막스!" 어머니가 말허리를 잘라버렸다.

막스는 풀이 죽어 자기보다 먼저 이 집에 세 들어 살던 거미들을 요절내버릴 요량으로 집 안으로 다시 들어갔다. 그리고 침실들이 있는 2층으로 이어진 계단을 올라갔다. 계단 제일 위 칸에서는 이리나의 고양이가 눈 한번 깜빡이지 않고 그를 노려보고 있었다.

막스는 2층을 지키는 파수병이라도 된 듯 서 있는 고양이 앞을 지났다. 그가 막 방으로 들어가려고 하자 고양이가 그 뒤를 따라오기 시작했다.

* * *

막스가 발걸음을 내디딜 때마다 나무로 된 바닥이 가늘게 삐걱삐걱 소리를 냈다. 막스는 남서쪽으로 난 방들을 돌며 거미 사냥을 시작했다. 창문에서 보니 해변과 서쪽 수평선 너머로 지고 있는 낙조가 그대로 보였다. 그는 온몸에 털이 수북하게 난 채로 열심히 돌아다니는 조그만 거미들을 색출하기 위해 바닥을 구석구석 살폈다. 한바탕 청소를 하고 난 뒤라 집 안은 제법 깨끗했다. 한 2분쯤 지났을 때, 마침내 거미 한 마리를 발견했다. 방 한쪽 귀퉁이에서 큼지막한 거미가 그가 있는 쪽을 향해 똑바로 기어오기 시작한 것이다. 마치 막스의 생각을 바꿔보고자 거미 종족이 대표로 파견한 사신 같았다. 거미는 몸통이 반 인치는 족히 되어 보였고, 다리가 여덟 개에, 검은 몸 위에 금빛 점이 하나 찍혀 있었다.

막스는 한 손을 뻗어 벽에 기대어 놓은 빗자루를 집은 뒤 거미를 저세상으로 날려버릴 채비를 했다. 그러나 빗자루를 조심스럽게 들어올려 거미를 향해 정조준하면서 내심으로는 '이 무슨 바보짓인가.' 하는 생각을 떨칠 수 없었다. 그렇게 막 빗자루를 들어올려 내려치려는데, 갑자기 이리나의 고양이가 작은 사자 같은 입을 쫙 벌린 채 거미를 향해 달려들더니 거미를 입에 물고 우걱우걱 씹기 시작했다. 막스는 놀라서 빗자루를 떨어뜨리고 말았다. 그리고 기겁한 채 고양이를 쳐다보는데 고양이도 사악해 보이는 시선을 그에게로 돌렸다.

"무슨 고양이가……." 막스가 중얼거렸다.

고양이는 거미를 꿀꺽 삼켜버리더니 또 다른 거미를 찾으려는지 방문을 나섰다. 막스가 창가로 가 섰다. 가족들이 여전히 현관 앞에 모여 있는 모습이 보였다. 알리시아가 무슨 일인가 싶어 막스 쪽을 쳐다보았다.

"이제 걱정 마, 알리시아! 더 이상 거미 안 나올 거야."

"좀 더 잘 찾아봐." 아버지가 말했다.

막스가 고개를 끄덕이고 집 뒤편, 북서쪽으로 난 방들로 갔다.

옆방 쪽에서 고양이 소리가 나는 걸 보니, 또 다른 거미가 터미네이터 고양이의 마수에 희생된 모양이었다. 뒤쪽으로 난 방들은 집 정면 쪽으로 난 방들에 비해 크기가 좀 작았다. 그중 한 방으로 들어가 창밖을 내다보았다. 자그마한 집 뒤뜰과 가구들이나 자동차 같은 걸 넣어두는 창고도 하나 보였다. 뒤뜰 한가운데는 이파리가 다락방까지 닿는 커다란 나무가 한 그루 있었는데, 그 크기로 보아 200년은 족히 되어 보였다.

울타리로 둘러쳐진 뒤뜰 저 너머로는 야생초들이 자라는 벌판이 펼쳐지고 있었고, 그 벌판을 따라 100미터쯤 뒤로 하얀 돌담으로 에워싸인 조그마한 공간이 보였다. 그곳에는 이미 들풀들이 자라나 마치 작은 정글을 이룬 듯해 보였는데, 그 속으로 뭔가가 삐죽삐죽 솟아나 있는 게 보였다. 막스 눈에는 꼭 사람의 형상처럼 보였다. 아직은 들판 위로 마지막 황혼의 끝자락이 물들고 있었기 때문에 막스는 두 눈을 비벼가며 열심히 바라보았다. 그곳은 버려진 정원이었다. 조각 정원. 막스는 무성한 잡초들에 포위되어버린, 조그마한 공간 속에 갇혀버린 그 조각상들을 넋을 잃고 쳐다보았다. 아무래도 마을 사람들의 묘지가 아닐까 생각되었다. 문설주가 쇠로 된 문이 있었는데, 쇠사슬이 채워져 사람들의 출입을 막고 있었다. 문설주 상단에는 육각 별 모양의 조각이 달려 있는 게 보였다. 그리고 그 조각 정원 너머로는 끝없이 펼쳐지는 울창한 숲이 자리 잡고 있었다.

"뭐 좀 찾아냈니?" 등 뒤에서 들려온 어머니의 목소리에 막스는 창밖의 풍경을 보다가 떠오른 상념의 바다에서 퍼뜩 빠져 나왔다. "지금쯤이면 거미 문제는 다 해결했을 것 같은데."

"저 너머, 숲 바로 앞에 조각 정원이 있는 거 보이세요?" 막스가 흰 돌들로 에워싸인 장소를 가리키자 어머니가 창밖을 내다보았다.

"해가 지는구나. 아버지하고 나는 저녁거리를 사러 시내에 다녀올 거야. 나머지 물품은 내일 사더라도 일단 저녁거리는 있어야지? 너희들끼리 있어야 하니까, 이리나를 잘 보살펴야 한다."

막스가 고개를 끄덕였다. 어머니가 막스의 뺨에 가볍게 뽀뽀를 해주고 계단을 내려갔다. 막스는 다시 조각 정원을 쳐다보았다. 조각상들이 서서히 내리는 어둠 속으로 그 모습을 감추고 있었다. 밤공기가 신선했다. 막스는 창문을 닫고 거미를 잡기 위해 다른 방들로 향하다가 복도에서 막내 이리나를 만났다.

"커?" 이리나가 신이 나서 물었다.

막스가 잠시 대답을 망설였다.

"거미 말이야, 오빠. 거미가 얼마나 크냐고?"

"주먹만큼." 막스가 근엄한 표정으로 대답했다.

"와!"

3

이튿날, 해가 뜨기 전, 막스는 웬 시커먼 바다 안개 덩어리 같은 형상이 그의 귓전에 대고 무슨 말인가 속삭이는 소리를 들었다. 벌떡 일어나 앉으니 심장은 두방망이질 치고 있었고, 호흡도 가빴다. 방에는 아무도 없었다. 꿈결 어둠 속에서 그에게 뭔가를 속삭이던 그 검은 형상은 어딘가로 사라지고 없었다. 침대 머리맡 협탁으로 손을 뻗어 어제 아버지가 달아준 전등을 켰다.

이제 막 창밖으로 이른 아침의 여린 햇살이 숲 위로 빛을 뿌려대고 있었다. 안개가 서서히 야생초들이 자라고 있는 벌판으로 밀려들고 있었고 가끔씩 산들바람이 불어와 안개를 흩어놓으면 그 사이로 조각 정원의 형상들이 잠깐씩 그 모습을 드러내곤 했다. 막스는 협탁 위의 회중시계를 집어 들고 뚜껑을 열어보았다. 웃음 짓는 달님의 형상들이 마치 황금 조각처럼 빛나고 있었다. 잠시 후면 새벽 6시였다.

막스는 조용히 옷을 갈아입고 다른 가족들이 깨지 않도록 조심스럽게 계단을 내려왔다. 주방으로 가보니 어제저녁 먹다 남은 음식들이 그대로 목제 식탁 위에 놓여 있었다. 그는 주방에 달린 뒷마당으로 난 문을 열고 밖으로 나갔다. 차갑고 습한 새벽 공기에 피부가 시렸다. 막스는 조심스럽게 뒷마당을 가로지른 뒤 울타리에 난 문을 지나 등 뒤로 닫아걸고 조각 정원을 향해 안개 속으로 걸어 들어갔다.

*　　*　　*

안개 속으로 난 길은 예상보다 훨씬 길었다. 어젯밤 창문으로 내다보았을 때에는 집에서 흰 돌로 둘러쳐진 정원까지 100미터 정도 되는 것으로 보였다. 하지만 야생초들을 헤치며 걷다 보니 벌써 300미터는 족히 왔겠다 싶은 생각이 드는 순간에야 겨우 안개 사이로 조각 정원 돌담이 눈에 들어왔다.

거뭇거뭇한 철제 대문에 쇠사슬이 감겨져 있었고 그 끝에는 오랜 세월 속에 빛 바랜 자물쇠가 매달려 있었다. 막스는 문설주에 기대어 안쪽을 기웃거려보았다. 정원은 세월의 흔적으로 잡초가 무성해 마치 버려진 온실 같아 보였다. 막스는 이곳에 사람의 발길이

닿지 않은 지 꽤 오래 되었고, 이곳을 관리하던 사람이 누구인지는 모르지만, 이미 떠난 지 오래일 거라는 생각을 했다.

주변을 둘러보던 막스는 정원 담장 옆에서 주먹만 한 돌멩이를 한 개 발견했다. 돌멩이를 집어들고 자물쇠를 몇 번 내려쳤다. 마침내 돌멩이질에 못 이겨 낡은 자물쇠가 풀렸다. 풀려버린 자물통이 쇠사슬 끝에서 철제 머리통처럼 흔들흔들 매달려 있었다. 막스는 힘껏 출입문을 밀었다. 문이 천천히 안쪽으로 밀려들어갔다. 두 개의 문짝 틈 사이가 그의 몸이 들어갈 수 있을 만큼 벌어지자 막스는 힘을 빼고 한숨을 돌린 뒤 안으로 들어섰다.

일단 정원 안으로 들어오니 집에서 보았던 것보다 내부가 훨씬 크다는 걸 알 수 있었다. 한눈에도 잡초로 절반쯤 가린 조각상이 스무 개는 되어 보였다. 잡초가 우거진 정원 안쪽으로 몇 걸음 더 들어가보았다. 전체적으로 조각상들이 동심원을 그리며 배치되어 있었으며, 조각들은 하나같이 서쪽을 바라보고 있다는 것도 깨달 았다. 조각상들은 서커스단의 구성원들을 형상화시킨 것 같았다. 하나씩 하나씩 돌아보면서 막스는 조련사를 비롯해 매부리코에 터 번을 두른 뱀 부리는 사람, 곡예사, 차력사 등 유랑 서커스단에서 탈출해온 듯한 온갖 형상들을 찬찬히 바라보았다.

조각 정원 한가운데 있는 제단 위에는 곱슬머리를 하고 활짝 웃고 있는 피에로상이 있었다. 한 팔을 옆으로 길게 뻗은 피에로의 주먹에는 손 크기에 어울리지 않는 엄청나게 큰 장갑이 끼워져 있었는데, 그 모습이 마치 허공 속에 있는 보이지 않는 뭔가를 한 대치려는 것 같았다. 그런데, 막스의 발치에 커다란 반석이 하나 보였다. 그 위에는 무슨 문양 같은 것이 새겨져 있었다. 무릎을 꿇고 반석 위로 자란 잡초들을 헤치고 보니 차가운 돌 위에는 원형 테두리가 있는 육각 별 모양이 새겨져 있었다. 출입문 양쪽 문설주 위에 달려 있던 문장에서 보았던 것과 같은 문양이었다.

별 모양을 가만히 내려다보던 막스는 순간 처음에 동심원을 그리고 있다고 생각했던 조각상들의 배치가 실은 육각 별 모양이었다는 걸 깨달았다. 각각의 조각들이 별을 이루고 있는 선들의 교차점에 놓여 있었던 것이다. 막스는 자리에서 일어나 괴기스러운 주변 광경을 돌아보았다. 온통 바람에 춤을 추는 야생의 잡초들로 뒤덮인 조각들 하나하나에 시선을 던지다가 마침내 거대한 피에로상에서 시선을 멈추었다. 순간 등줄기를 타고 오한이 흘러내리면서 막스는 저도 모르게 뒷걸음질을 쳤다. 조금 전까지만 해도 주먹을 쥐고 있던 피에로의 손이 마치 손님에게 길 안내라도 하듯이 활짝 펼쳐져 있었던 것이다. 차가운 아침 바람에도 막스는 목구멍에 불이 붙는 기분이었고, 관자놀이에서 쿵쾅거리는 심장의 고동이 그대로 느껴졌다.

영원한 잠 속에 빠져 있는 조각상들을 깨울까 봐 염려하는 사람처럼 막스는 아주 천천히, 한 걸음 한 걸음 옮길 때마다 뒤를 한 번씩 돌아보며 정원을 에워싼 울타리까지 걸어 나왔다. 정원 출입문을 지나는 그의 눈에 저만치 있는 해변의 집이 너무도 멀게 느껴졌다. 그리고 두 번 생각할 겨를도 없이 막스는 있는 힘을 다해 달리기 시작했다. 이번에는 뒷마당 울타리를 통과할 때까지 뒤 한 번 돌아보지 않았다. 겨우 뒷마당에 들어서서 돌아보니 조각 정원은 다시 안개 속에 잠기고 있었다.

*　*　*

버터와 토스트 냄새가 주방 가득히 퍼져나갔다. 알리시아는 아침 식탁을 못마땅한 표정으로 내려 보고 있었고, 이리나는 새로 데려온 고양이를 먹이려고 접시에 우유를 조금 따라주었다. 그러나 고양이는 우유 접시를 본체만체하고 있었다. 그 모습을 지켜보던 막스는 속으로 '저 고양이는 어제 보니 식성이 완전히 다르던데……'라고 생각했다. 아버지는 한 손에 김이 모락모락 나는 커피잔을 받쳐 들고 들뜬 표정으로 가족을 둘러보며 말했다.

"오늘 아침 일찍 차고를 살펴봤는데……." 아버지는 다른 식구들이 도대체 뭘 발견했느냐고 물어주길 바랄 때면 늘 쓰곤 하는 '해결! 미스터리!'의 진행자 말투를 흉내 내 말했다.

막스는 아버지의 뻔한 전략을 간파하고는 도대체 누가 아버지고 누가 아들인지 모르겠다고 생각했다.

"뭘 찾아내셨어요?" 막스가 지고 들어가기로 했다.

"못 믿을 거야." 아버지가 대답했다. 물론 막스는 '믿어요, 아버지.'라고 생각하고 있었다. "자전거가 두 대나 있더라."

막스가 무슨 소리냐는 의미로 눈썹 끝을 추켜올렸다.

"좀 낡은 구형 모델이기는 하지만 기름만 좀 쳐주면 생생해질 것 같아." 아버지가 말했다. "그리고 다른 것도 있어. 내가 차고에서 뭘 찾았는지 맞춰볼 사람?"

"개미핥기요!" 이리나가 눈은 여전히 고양이에게 고정한 채 중얼거렸다.

카버 집안 막내딸 이리나는 이제 겨우 여덟 살이지만 의외로 조숙해서 아버지의 신경을 제대로 건드리는 파괴적 전략을 구가할 줄 알았다.

"아니!" 아버지가 눈에 띄게 뾰로통해져 대답했다. "누구 다른 사람 없어?"

막스는 아버지의 스무고개 놀이에 아무도 관심을 보이지 않는 걸 보던 어머니가 눈을 반짝이는 것을 보았다. 스스로 제물이 되기로 한 것이다.

"앨범 아니에요?" 어머니가 다정한 목소리로 말했다.

"비슷해, 비슷해." 아버지가 다시 신이 나서 대답했다. "막스?"

엄마가 곁눈질로 눈치를 주었다. 막스가 고개를 끄덕이더니 대답했다.

"글쎄요······, 일기장?"

"아니. 알리시아?"

"난 항복이에요." 알리시아가 전혀 관심 없다는 듯 대꾸했다.

"좋아, 좋아. 그럼 내가 알려주지. 준비하시라!" 아버지가 말했다.

"내가 발견한 건······ 바로 영사기야! 영사기 말이야. 영화 필름도 가득하고."

"무슨 영화요?" 이리나가 15분 만에 처음으로 고양이에게서 눈을 떼고 물었다.

아버지가가 어깨를 으쓱했다.

"그건 나도 아직 몰라. 어쨌든 영화인 건 분명하고. 정말 멋지지 않아? 집에 극장이 생긴 건데."

"그건 영사기가 작동할 때 얘기죠." 알리시아가 말했다.

"뜻이 있는 곳에 길이 있다고 했어. 알리시아! 설마 네 아버지가 평생 고장 난 기계를 수리하면서 살아왔다는 사실을 잊어버린 건 아니겠지?"

어머니가 남편의 양어깨에 손을 올리고 말했다.

"정말 다행이에요, 여보! 식구들 중에 고장 난 물건을 고칠 수 있는 사람이 있다니 얼마나 다행인지 몰라요."

"걱정 말고 나한테 맡겨 둬." 아버지가 자리에서 일어서면서 말했다.

알리시아도 따라 일어섰다.

"아가씨!" 어머니가 딸을 불렀다. "아침 식사부터 끝내야지. 아직 손도 안 댔잖아."

"배고프지 않아요."

"내가 먹을게." 이리나가 달려들었다.

어머니가 단호히 안 된다고 막았다.

"내가 돼지 될까 봐 저러셔." 이리나가 밉살맞게 고양이 귀에 대고 소곤거렸다.

"고양이가 꼬리를 흔들어대고 여기저기 털이 날리는 상황에서는 도저히 밥 못 먹겠어요." 알리시아가 불평을 했다.

이리나와 고양이가 경멸 어린 시선으로 알리시아를 쳐다봤다.

"못됐어!" 이리나가 고양이를 데리고 정원으로 나오면서 내뱉었다.

"왜 항상 제멋대로 하게 내버려두시는 거예요? 제가 저 나이 때에는 이리나의 절반도 하지 못하게 하셨잖아요?" 알리시아가 어머니에게 따지고 들었다.

"또 그 얘기니?" 안드레아 카버가 차분한 음성으로 말했다.

"제가 먼저 시작한 거 아니잖아요." 알리시아가 대꾸했다.

"그래. 미안하구나." 안드레아 카버가 알리시아의 긴 머리를 가볍게 쓰다듬자 알리시아는 싫다는 듯 고개를 옆으로 돌려버렸다. "하지만, 아침은 먹어야지. 어서."

바로 그때 발아래 쪽에서 요란한 금속음이 울렸다. 모두들 일시에 서로의 얼굴을 쳐다보았다.

"너희들 아빠가 또 뭘 하시나 보다." 안드레아 카버가 커피잔을 비우며 중얼거렸다.

알리시아가 기계적으로 토스트를 씹어 삼키고 있는 사이, 막스는 안개 낀 조각 정원 한가운데서 손바닥을 활짝 편 채 초점 없는 눈으로 미소 짓던 피에로의 영상을 머릿속에서 지워버리려 애쓰고 있었다.

4

막시밀리안 카버가 뒷마당에 딸린 좁다란 차고 속에서 되살려 낸 자전거 두 대의 상태는 막스가 예상했던 것보다 훨씬 양호했다. 솔직히 중고 자전거로 보이지 않을 정도였다. 가죽 조각에 어머니가 자주 사용하는 특수 액체를 묻혀 묵은 때와 곰팡이를 싹 벗겨 내고 나니 그야말로 새것처럼 반짝거렸다. 막스는 아버지와 함께 체인과 페달에 기름도 치고 바퀴에 바람도 넣었다.

"휠을 한번 갈아주긴 해야겠지만, 당분간은 그냥 타도 될 거다." 아버지가 말했다.

두 대의 자전거 중 한 대는 조금 컸고 다른 한 대는 상대적으로 조금 작았다. 그래서 자전거에 기름칠을 하면서 막스는 줄곧 닥터 플레이슈만이 아들 제이콥과 함께 해안 도로에서 타려고 이 자전거들을 장만한 게 아닐까 하는 생각을 했다. 막시밀리안 카버가 아들의 눈이 죄책감으로 그늘지는 걸 보고 말했다.

"닥터 플레이슈만도 네가 이 자전거를 타면 기뻐할 거다."

"정말 그럴까요?" 막스가 나지막이 말했다. "그런데 왜 지금까지 자전거가 여기에 가만히 있었던 걸까요?"

"원래 나쁜 기억들은 쉽사리 잊히지 않는 법이잖니." 아버지가 대답했다. "그래서 아무도 탈 생각을 안 했을 거고. 자, 한번 타봐라. 잘 굴러가는지 보자."

둘이 자전거를 밖으로 내온 뒤, 아버지가 의자 높이를 조절하고 브레이크 케이블의 장력도 테스트해봤다.

"브레이크에 기름을 좀 더 쳐야겠어요." 막스가 말했다.

"그래, 그게 좋겠다." 아버지도 동의하고 기름을 좀 더 먹였다. "얘야, 막스!"

"네, 아버지."

"자전거에 너무 지나친 의미를 부여할 것 없다. 내 말 알겠니? 그 불운한 가족에게 일어났던 사고와 우리는 아무 관계없다는 말이야. 글쎄, 이런 식으로 말해도 좋을지 모르겠다만……." 아버지가 걱정스러운 표정으로 말했다.

"신경 쓰지 않을게요." 막스가 브레이크를 잡아보고 말했다. "이제 완벽한 거 같아요."

"그럼 한번 타보렴."

"같이 안 가실래요?" 막스가 물었다.

"오후에나 한번 신나게 달려보자꾸나. 그때까지도 기운이 남아 있으면 말이다. 일단 나는 11시에 마을에서 프레드라는 사람을 만나기로 했단다. 시계방 차릴 장소를 넘기겠다고 해서 말이야. 그러니 그 전에 이것저것 생각을 좀 해봐야지."

막시밀리안 카버는 흩어진 연장들을 한데 모은 뒤 수건으로 손을 깨끗이 닦았다. 그런 아버지를 지켜보며 막스는 아버지가 제 나이 때에는 과연 어땠을까를 생각해보았다. 친지들은 늘 막스가 아버지를 쏙 빼닮았고, 이리나는 엄마 안드레아 카버를 쏙 빼닮았다고들 했지만, 그런 말은 할머니들이나 이모, 고모, 그리고 크리스마스 때마다 밥 한 끼 먹으러 몰려드는 지긋지긋한 사촌들이 알 품은 닭들처럼 모여 앉아 떠들어대는 이야기에 불과했다.

"막스, 드디어 모험을 향해 출발!" 아버지가 웃으며 외쳤다.

"그런데, 집 저 뒤쪽 숲 입구에 조각 정원이 있는 거 아세요?" 막스는 이런 말을 툭 뱉어놓고는 저도 스스로의 질문에 놀란 표정을 지었다.

"이곳에는 우리가 모르는 것들이 무척 많을 거다. 여기 이 차고만 해도 온갖 상자들이 빼곡히 들어차 있고, 오늘 아침에도 이곳이 그야말로 박물관이라는 걸 확인했잖니. 이 집 안 곳곳에 들어찬 물건들을 골동품상에 내다 팔기만 해도 굳이 시계방 차릴 것 없이 그 돈으로 먹고살아도 되겠다 싶을 정도라니까."

아버지가 아들에게 눈빛으로 재촉하며 말했다.

"얼른 타보지 않으면 그 자전거 또다시 먼지를 몽땅 뒤집어쓰고 화석 신세가 돼버릴 거다."

"알겠어요." 막스가 대답하면서 정작 본인은 한번 타보지도 못했을 제이콥 플레이슈만의 자전거 페달을 힘차게 밟았다.

막스는 신나게 페달을 밟으면서 새로 이사 온 집과 비슷비슷하게 생긴 집들 앞을 지나 마을 쪽으로 난 해안 도로를 따라 달렸다. 마을 끝은 어부들이 항구로 이용하는 작은 만과 연결되어 있었다. 낡은 선착장에 정박되어 있는 배는 모두 합해 다섯 척이었고, 대부분은 총 연장이 4미터도 되지 않은 작은 어선으로, 어부들이 해안에서 100미터쯤 떨어진 근해에서 낡은 어망으로 고기를 잡을 때 사용하는 것들이었다.

막스는 자전거를 타고 부두 곳곳에 수리하기 위해 놓여 있는 배들과 마을 시장 곳곳에 쌓여 있는 궤짝들 틈새를 미로처럼 요리조리 달렸다. 그는 작은 등대가 있는, 항구를 둥그렇게 반달처럼 감싸고 있는 방파제까지 왔다. 그리고 끝까지 가 등대에 자전거를 기대 놓은 뒤 끊임없이 파도가 밀려와 부딪히고 있는 부두 반대편 방파제의 뒤쪽 커다란 바위 위에 앉았다. 그곳에는 눈부신 빛을 반사하는 바다가 무한히 펼쳐지고 있었다.

그렇게 얼마간 앉아서 바다를 바라보고 있는데, 웬 키가 크고 날씬한 남자애 하나가 자전거를 타고 방파제 쪽으로 달려오는 게 보였다. 막스 눈에 대략 열여섯이나 열일곱쯤 되어 보이는 아이였다. 소년도 등대로 오더니 막스의 자전거 옆에 제 자전거를 세워놓고 천천히 얼굴에 달라붙은 머리카락을 떼어내며 막스가 쉬고 있는 곳으로 걸어왔다.

"안녕? 네가 해변 끝집으로 새로 이사 온 애니?"

막스가 고개를 끄덕였다.

"난 막스라고 해."

햇살에 피부가 까무잡잡하게 그을린, 맑고 초록빛이 도는 눈동자의 소년이 손을 내밀며 말했다.

"난 롤랑. 이 '지루한 도시'에 온 걸 환영한다."

막스가 미소 지으며 롤랑과 악수를 나누었다.

"집은 어때? 마음에 들어?" 롤랑이 물었다.

"의견이 분분해. 아버지는 마음에 들어 하시고, 나머지 가족들은 아닌 것 같고." 막스가 대답했다.

"네 아버지는 몇 달 전에 처음 이 마을에 오셨을 때 뵌 적 있어." 롤랑이 말했다. "재미있으신 분 같더라. 시계 수리를 하신다고 하셨지?"

막스가 고개를 끄덕였다.

"재미있으시지." 막스도 동의했다. "가끔은 말이야. 또 가끔은 여기로 이사 올 생각 같은 걸 하시느라 바쁘시고."

"그런데 왜 이런 시골로 오실 생각을 하신 거지?" 롤랑이 물었다.

"전쟁 때문에." 막스가 대답했다. "아버지는 이런 때에는 도시에 사는 게 좋지 않다고 생각하셔. 내가 보기에도 일리가 있는 말씀이고."

"전쟁······." 롤랑이 시선을 내리깔며 말했다. "나도 9월에 징집될 것 같아."

막스는 할 말을 잃고 말았다. 롤랑이 막스의 침묵을 깨닫고는 다시 미소 지었다.

"뭐 좋은 면도 있겠지." 롤랑이 말했다. "여하튼, 이번이 내가 이 마을에서 보내는 마지막 여름이 될 거야."

막스가 희미한 미소를 되돌려 보내며 이 전쟁이 곧 끝나지 않는다면 몇 해 안에 자신도 징집될 것이고, 까딱하면 하루아침에 눈에 보이지 않는 전쟁이라는 괴물이 그의 미래에 온통 어둠의 장막을 드리우게 되리라는 생각을 했다.

"아직 마을 구경 못했을 것 같은데?"

막스가 고개를 끄덕였다.

"좋아, 신참! 자전거에 타. 오늘은 내가 자전거 일주를 시켜줄 테니까."

*   *   *

막스는 롤랑의 자전거를 따라잡기 위해 무진 애를 써야 했다. 등대가 있던 방파제 끝에서 겨우 200미터 남짓 왔을 때부터 이미 이마와 겨드랑이에서 땀이 뚝뚝 떨어지기 시작했다. 롤랑이 그를 돌아보고 장난꾸러기 같은 미소를 지으며 소리쳤다.

"이거 운동 부족이군그래? 도시 생활이 너무 길었던 모양이야."

그가 속도를 늦추지 않은 채 소리쳤다.

막스는 롤랑을 따라서 해안 도로를 달리고 다시 마을 골목길 여기저기를 달렸다. 결국 막스가 한참 뒤로 처지기 시작하자 롤랑이 속도를 줄이더니 광장 한가운데 있는 큼지막한 샘물 앞에서 멈추어 섰다. 막스는 부지런히 샘물 앞으로 달려와 자전거를 바닥에 내팽개쳐버렸다. 샘물에서는 기가 막히게 시원한 물이 퐁퐁 샘솟고 있었다.

"안 그러는 게 좋을걸." 롤랑이 막스의 생각을 읽고는 말했다. "가스가 차거든."

막스는 심호흡을 하더니 차가운 물줄기 아래로 고개를 쑥 집어넣었다.

"좀 천천히 가줄게." 롤랑이 양보했다.

막스는 샘물 속에 잠시 더 고개를 처박고 있다가 뺀 뒤 샘물을 둘러싼 바위에 기대 누웠다. 머리에서 물이 뚝뚝 떨어져 내렸다. 롤랑이 웃었다.

"솔직히 이렇게 오래 버틸 줄은 몰랐어. 여기가 우리 마을 중심부야." 롤랑이 주변을 가리키며 말했다. "시청 광장이지. 저 건물이 시청 건물인데 지금은 비어 있어. 일요일에는 여기서 장이 열리고. 여름밤에는 시청 건물 벽에 영사기를 쏴서 영화를 돌리기도 해. 물론 옛날 영화에 툭툭 끊기기도 하지만 말이야."

막스가 겨우 숨을 돌리며 희미하게 고개를 끄덕였다.

"근사한 것 같지 않아?" 롤랑이 웃어댔다. "게다가 도서관도 있어.

물론 도서관에 책이 예순 권만 있어도 내 손에 장을 지지겠지만."

"그럼 도대체 여기선 뭐하고 놀아?" 막스가 겨우 한마디했다. "자전거 타는 거 말고 말이야."

"좋은 질문이야, 막스. 이제야 네가 상황을 이해하는 것 같구나. 그럼 다시 출발하자."

막스가 한숨을 내쉬었지만 결국 두 소년은 다시 자전거에 올라탔다.

"이번에는 네가 내 속도에 맞춰." 막스가 먼저 제안했다.

롤랑이 어깨를 으쓱하더니 페달을 밟기 시작했다.

* * *

그로부터 두어 시간 동안 롤랑과 막스는 조그마한 시골동네와 그 주변을 온통 휘젓고 다녔다. 남쪽 끝에 있는 가파른 벼랑도 보았는데, 롤랑은 그 절벽을 가리키며 얼마 전에 그 부근에서 잠수하기 아주 좋은 곳을 발견해냈다고 털어놓았다. 1918년에 낡은 배가 난파한 곳인데, 지금은 온갖 진기한 해초들이 잔뜩 자라 해저 정글처럼 변해버렸다고도 했다. 롤랑 말에 따르면, 폭풍우가 거세게 몰아치던 어느 날 밤, 그 배는 그만 수심 얕은 곳에 도사리고 있던 암초에 꼼짝없이 걸려버렸다. 그렇잖아도 천둥소리에 기가 질린 데다 성난 폭풍이 몰아치는 칠흑 같은 밤이었던 탓에 선원들은 빠져나오지 못하고 모조리 익사하고 말았다. 단 한 사람만 빼고. 그날의 비극적인 사건에서 유일하게 살아남은 사람은 어떤 엔지니어로, 그는 그날 사건 이후 사람의 목숨을 구하는 것이 그의 천명이라 여기고 이 마을에 정착해 그날 밤의 비극을 지켜본 산 한쪽 제일 깎아지른 절벽 위에 등대를 세웠다. 그 사람은 이제 늙어버렸지만 여전히 등대를 지키고 있는데, 그 노인이 바로 롤랑의 '양할아버지'였다. 난파 사건이 발생한 후, 이 마을의 어떤 부부가 그 사람을 발견하고 병원으로 옮긴 뒤 완전히 회복될 때까지 지극정성으로 돌봐주었는데, 몇 년 후, 그 부부가 교통사고로 한꺼번에 숨지는 사건이 발생한 것이다. 등대지기가 된 남자는 당시 겨우 돌밖에 되지 않았던 부부의 어린 아들 롤랑을 데려와 키우기로 했다.

롤랑은 현재 할아버지와 함께 등대에서 살고 있지만, 실제로는 거의 절벽 아래 해변에 손수 지은 통나무집에서 기거하고 있었다.

여하튼, 등대지기 노인은 그의 진짜 할아버지 못지않은 분이었다. 이 이야기를 하는 롤랑의 목소리에 안타까움이 묻어났다. 막스는 말없이 그저 조용히 듣기만 했다. 롤랑의 난파선 이야기를 듣고 난 뒤, 두 소년은 함께 구 성당 주변의 거리를 돌아보았고, 그 와중에 막스는 유쾌한 마을 사람 몇몇을 만나 인사도 나누었다. 사람들은 앞 다퉈 그에게 잘 왔다며 환영을 아끼지 않았다.

결국 지칠 대로 지쳐버린 막스는 하루아침에 동네 사람들을 다 알 필요는 없다는 결론을 내리게 되었다. 보아하니 몇 년 살다 보면 미스터리까지 낱낱이 다 알게 될 게 뻔했던 것이다. 미스터리 같은 게 정말로 있다면 말이다.

"미스터리가 있기는 하지." 롤랑이 말했다. "아 참! 나 여름에는 매일 아침마다 난파선으로 잠수하러 가는데, 내일 같이 갈래?"

"오늘 자전거 타듯이 했다가는 나 물귀신 되고 말 거야." 막스가 말했다.

"여분의 물안경하고 오리발도 있는데⋯⋯." 롤랑이 말했다.

그 말에 귀가 솔깃했다.

"그래. 나도 뭐 준비할 거 있어?"

롤랑이 고개를 저었다.

"아니. 내가 다 챙겨갈게. 아⋯⋯, 생각해보니, 아침거리 좀 가져오면 좋고. 그럼 9시에 너희 집 앞에서 보자."

"9시 반."

"늦잠 자지 마."

막스가 해변의 집을 향해 페달을 밟기 시작할 때 마침 교회에서 오후 3시를 알리는 종소리가 울렸다. 어느새 태양이 비를 가득 머금은 먹구름 뒤로 숨어버리고 있었다. 자전거를 달리면서 잠시 뒤 돌아보니 저만치에서 롤랑이 자전거를 붙들고 선 채 손을 흔들고 있었다.

＊　　＊　　＊

유랑 극단의 괴기 공연에서처럼 무시무시한 폭풍우가 온 마을을 강타하고 있었다. 불과 몇 분 만에 하늘은 시커먼 잿빛으로 변해버렸고 바다는 거대한 수은 웅덩이처럼 검푸른 쇳빛으로 변해버렸다. 바다로부터 거센 바람이 불어오는가 싶더니 곧이어 번개가 번쩍이기 시작했다. 막스는 있는 힘껏 페달을 밟아댔지만 아직 해변의 집까지 500여 미터나 남은 상황에서 비가 쏟아지기 시작했다. 겨우 하얀 울타리까지 왔을 때에는 물속에 들어갔다 나온 사람처럼 온통 젖어 있었다. 그는 재빨리 자전거를 차고에 넣어둔 뒤 뒷마당 쪽 문을 통해 집 안으로 들어갔다. 주방에는 아무도 없었지만 맛있는 냄새가 진동하고 있었다. 식탁 위에 고기를 넣은 바게트 샌드위치와 직접 갈아 만든 레모네이드가 쟁반에 담겨 있었다. 그 옆에 어머니가 쓴 쪽지가 놓여 있었다.

'막스! 여기 점심 챙겨놓고 나간다. 오후 내내 집 문제로 아버지와 함께 마을에 나가 있어야 할 것 같구나. 2층 화장실은 절대 사용하지 마라. 이리나도 데리고 간다.'

막스는 쪽지를 내려놓고 쟁반을 들고 방으로 갔다. 오전 내내 자전거를 타고 돌아다녔더니 배도 고프고 완전히 녹초가 되어버렸던 것이다. 집은 텅 비어 있었다. 알리시아는 외출했는지 자기 방에 들어가 있는지 알 수 없었다. 막스는 곧장 자기 방으로 올라가 옷을 갈아입은 뒤 침대에 누워 엄마가 만들어놓으신 기가 막히게 맛있는 바게트 샌드위치를 한입 물었다. 밖에서는 빗방울이 세차게 내리치고 있었고 천둥소리에 창문이 통째로 흔들렸다. 막스는 협탁 위에 있는 작은 등잔을 켠 뒤 아버지에게서 선물 받은 코페르니쿠스 책을 펼쳐 들었다. 벌써 똑같은 부분만 네 번째 읽고 있던 참이었다. 문득 자신이 새로 사귄 친구 롤랑과 내일 가기로 했던 난파선 잠수를 빨리 하고 싶어 죽을 지경인 걸 깨달았다. 막스는 10분도 안 되어 샌드위치를 다 먹어 치운 뒤 두 눈을 감고 지붕과 유리창에 부딪치는 빗방울 소리를 들었다. 막스는 빗소리도 좋았고, 지붕 밑 처마를 따라 놓인 물받이에서 들려오는 물소리도 좋았다.

폭우가 쏟아질 때면 막스는 마치 시간이 멈춰버린 듯한 느낌을 받곤 했다. 그럴 때면 일종의 휴전 시간과도 같이, 하던 일을 모두 멈춘 채 몇 시간이고 창가에 서서 하늘이 쏟아내는 끝없는 눈물의 커튼을 지켜볼 수 있기 때문이었다. 그는 책을 협탁 위에 내려놓고 등불을 껐다. 그리고 빗방울 떨어지는 소리를 들으며 서서히 잠 속으로 빠져들었다.

5

아래층에서 식구들 목소리가 두런두런 들려오고 이리나가 계단을 위아래로 뛰어다니는 소리에 막스는 퍼뜩 잠에서 깨어났다. 어느새 밤이 되어버렸지만, 폭풍우가 지난 하늘에는 별들이 반짝이고 있었다. 얼른 시계를 본 막스는 벌써 여섯 시간이나 자버렸음을 알았다. 막 일어나려는데 노크 소리가 들렸다.

"저녁 먹자, 잠자는 숲속의 왕자님!" 문 밖에서 아버지의 기분 좋은 목소리가 들려왔다.

순간 막스는 아버지가 왜 저렇게 기분이 좋으신 걸까 생각해보았다. 곧 아침 식사 시간에 아버지가 말씀하셨던 영화 이야기가 생각났다.

"금방 내려갈게요." 아직도 입안에 바게트 샌드위치 맛이 남아 있는 걸 느끼면서 막스가 대답했다.

"그래. 얼른 내려와." 아버지가 벌써 계단을 돌아 내려가며 말했다.

식욕은 전혀 없었지만 막스는 식당으로 내려가 다른 식구들과 함께 식탁에 둘러앉았다. 알리시아는 뭐에 정신이 팔린 사람처럼 식사에는 손도 대지 않은 채 접시만 내려다보고 있었고, 이리나는 허겁지겁 식사를 하면서 발밑에 웅크리고 앉아 주인 얼굴만 올려다보고 있는 재수 없는 고양이에게 알아듣지도 못할 말들을 중얼거리고 있었다. 다른 식구들이 말없이 식사를 하고 있는 사이 아버지는 마을에 갔다가 새롭게 시계방을 열 만한 마땅한 장소를 물색했다는 이야기를 했다.

"그래, 넌 오늘 뭘 했니, 막스?" 어머니가 물었다.

"마을에 갔었어요." 가족들이 더 자세한 설명을 기대하는 표정으로 일제히 그를 쳐다봤다. "롤랑이라는 아이도 사귀었고요. 내일 같이 잠수하러 가기로 했어요."

"막스가 벌써 새 친구를 사귀었구나!" 아버지가 보란 듯이 큰소리쳤다. "거봐, 내 말이 맞지?"

"그 롤랑이라는 친구는 어때, 막스?" 어머니가 물었다.

"잘 모르겠지만, 좋아요. 등대지기이신 할아버지랑 같이 산대요. 마을 이곳저곳을 다 보여줬어요."

"잠수는 어디에서 하려고?" 아버지가 물었다.

"선착장 맞은편 남쪽 해안이에요. 롤랑 말이, 그곳에 몇 년 전에 침몰한 배가 가라앉아 있대요."

"나도 같이 가도 돼?" 이리나가 물었다.

"안 돼." 어머니가 말렸다. "위험하지는 않겠니, 막스?"

"엄마……."

"그래, 알았다." 어머니가 한발 물러섰다. "대신 조심해야 한다."

막스가 고개를 끄덕였다.

"나도 어렸을 땐 한 잠수 했는데." 아버지가 우겼다.

"여보! 이젠 아니거든요." 어머니가 핀잔을 주었다. "그런데, 오늘 영화 보기로 하지 않았어요?"

아버지가 어깨를 으쓱하더니 일어섰다. 근사한 영화 갈라쇼라도 준비할 태세였다.

"가서 아버지 좀 도와드리렴, 막스."

아버지를 도우러 가기 전, 막스는 잠시 곁눈질로 저녁 식사 시간 내내 말없이 앉아 있기만 하던 누나 알리시아를 흘낏 쳐다보았다. 그녀의 멍한 눈빛은 지금 그녀가 뭔가 딴 생각에 정신이 팔려 있음을 알리려는 절규로 느껴졌지만, 막스가 잘 모르는 어떤 이유가 있는지 아무도 그런 절규를 눈치채지 못한 것 같았다. 아니 눈치채고 싶지 않은 건지도 몰랐다. 알리시아도 잠시 동생을 쳐다보았다. 막스가 미소를 지어 보냈다.

"내일 우리랑 같이 갈래?" 막스가 알리시아에게 물었다. "롤랑을 만나보면 마음에 들 거야."

알리시아가 희미한 미소를 지었다. 그리고 대답은 하지 않았지만 고개는 끄덕거렸다. 순간 그녀의 끝없이 깊고 검은 두 눈동자가 반짝였다.

* * *

"준비됐다. 이제 불 꺼봐." 아버지가 영사기에 필름을 끼운 뒤 말했다. 영사기는 마치 코페르니쿠스 시대의 유물이라도 되는 듯 낡아 보였기 때문에 막스는 과연 저 기계가 돌아가기나 할까 의심스러웠다.

"무슨 영화예요?" 어머니가 이리나를 품에 안고 물었다.

"나도 그건 몰라." 아버지가 솔직하게 말했다. "차고에 있는 박스 속에서 필름 열두 롤을 찾아내기는 했지만, 제목이 하나도 붙어 있지 않아서 그중 아무거나 무작위로 골라왔거든. 어쩌면 아무것도 안 든 빈 필름일 수도 있어. 셀룰로이드 액이 워낙 부식성이 강해서 이렇게 여러 해 동안 창고에 처박혀 있으면 필름이 다 손상될 수도 있거든."

"그럼, 아무것도 못 볼 수 있다는 말이에요?" 이리나가 물었다.

"일단 틀어보는 수밖에 없잖겠니?" 그러면서 아버지가 영사기 스위치를 켰다.

잠깐 동안 낡은 자전거 바퀴 돌아가는 듯한 소리가 나더니 탁탁 소리를 내며 빛이 몇 번 반짝이다가 켜졌다. 막스는 하얀 벽 위에 생겨난 사각형의 빛 그림자를 지켜보고 있었다. 그야말로 뭐가 튀어나올지도 모르면서 막연히 환등기만 쳐다보고 있는 셈이었다. 일단 숨을 죽였다. 잠시 후 벽 위에 영상들이 쏟아져 나오기 시작했다.

얼마 지나지도 않아 막스는 이 필름이 옛날 영화 같은 것과는 전혀 거리가 먼 필름이라는 걸 알아차릴 수 있었다. 유명한 영화도 아니었고, 오래전 무성영화 시리즈도 아니었다. 세월의 흔적으로 지지직거리기도 하고 화질도 안 좋은 이 필름은 그저 어떤 아마추어 카메라맨이 카메라를 메고 다니며 찍어댄 작품에 불과했던 것이다. 옛날 주인이었다던 닥터 플레이슈만이 여러 해에 걸쳐 찍어둔 일종의 홈 비디오 같은 것 말이다. 막스는 아버지가 창고에서 낡은 영사기와 함께 찾아냈다던 다른 필름들도 마찬가지일 걸로 단정했다. 막시밀리안 카버 가족의 '씨네 클럽'이 가졌던 기대가 한순간에 찬물을 뒤집어 쓴 듯 사그라지는 순간이었다.

영사기는 계속해서 숲 같아 보이는 곳을 돌아보는 장면을 쏟아내고 있었다. 아마도 카메라맨이 나무들 사이를 천천히 걸어다니면서 찍은 것 같았는데, 갑자기 빛의 각도가 바뀌는가 하면 초점이 확 틀어지곤 해서 도대체 어디에서 찍은 건지 가늠하기가 쉽지 않았다.

"저게 뭐야?" 실망한 표정이 역력한 이리나는 영사기가 기이하고 지루하기 짝이 없는 영상들만 쏟아내자 어쩔 줄 모르고 벽만 바라보고 있던 아버지에게 소리쳤다.

"나도 모르겠다." 아버지가 침울한 얼굴로 우물거렸다. "이럴 줄은 생각도 못했는데······."

막스도 슬슬 관심이 없어지려는 찰나, 갑자기 현란하게 쏟아져 나오던 영상 하나가 눈길을 잡아끌었다.

"다른 거 한번 틀어보면 어때요, 여보?" 어머니가 창고에서 찾아낸 필름들과 더불어 침몰 직전에 처한 아버지를 구해내려는 듯 제안했다.

"잠깐만요!" 막스가 눈에 익은 장면을 발견하고 소리쳤다.

이제 카메라는 숲을 나와 돌담으로 에워싸인 어떤 정원 같은 곳으로 들어가고 있었다. 돌담 끝에는 높다란 문설주가 박혀 있었다. 막스가 가본 적 있는 곳이었다. 바로 하루 전에.

막스는 카메라가 잠시 흔들리는가 싶더니 조각 정원 안쪽으로 들어서는 걸 유심히 지켜보았다.

"무슨 묘지 같네." 어머니가 중얼거렸다. "도대체 뭐지?"

카메라가 조각 정원 내부를 한 바퀴 돌아가며 비췄다. 필름 속에 담긴 정원의 모습은 막스가 보았던 것처럼 황폐한 모습이 아니었다. 야생초의 흔적도 없었고, 조각 표면도 관리인이 밤낮으로 열심히 갈고닦은 듯 깨끗했다.

카메라는 조각 하나하나 앞에서 걸음을 멈춘 뒤 조각을 비춰주었는데, 각각의 조각들은 커다란 별 모양 위에 정확히 놓여 있다는 게 화면상으로도 똑똑히 보였다. 막스는 유랑 서커스 단원 복장을 한, 흰 돌로 된 그 조각들을 표정까지 정확히 기억할 수 있었다. 겉으로는 꼼짝 않고 있는 조각에 불과했지만 그 괴기스러운 조각들의 자세와 분장한 얼굴이 보여주는 익살스러운 표정들은 음산한 긴장감을 불러일으키고 있었다.

카메라는 계속해서 서커스단의 이모저모를 비추고 있었다. 카버 가족은 말없이 영사기에서 쏟아져 나오는 그 장면들을 지켜보았다. 이제 들리는 소리라고는 영사기에서 흘러나오는 '드르륵' 소리밖에 없었다.

마침내 카메라가 바닥의 별 모양 한가운데를 향했고, 렌즈는 이제 모든 조각들을 한 점으로 빨아들이고 있는 듯한, 웃고 있는 피에로상을 포착하고 있었다. 막스는 그 얼굴을 자세히 들여다보았다. 그 피에로와 다시 얼굴을 마주했다고 생각하는 순간 또다시 오한이 등줄기를 타고 내렸다. 분명 막스가 보았던 것과는 다른 뭔가가 감지되었던 것이다. 그런데 화질이 워낙 좋지 않아 그게 뭔지 알 수가 없었다. 카버 가족이 말없이 화면을 지켜보고 있는 사이 마지막 남은 몇 미터의 필름이 빈 공백으로 돌아가더니 영사기가 작동을 멈추어버렸다.

"제이콥 플레이슈만이에요." 막스가 중얼거렸다. "다 제이콥 플레이슈만이 찍은 필름들이라고요."

아버지도 말없이 고개만 끄덕였다. 영화 관람은 끝이 나버리고 말았지만, 막스는 십수 년 전 해변 몇 미터 앞 바닷물에 빠져 죽은, 보이지 않는 손님이 이 집 구석구석과 계단에 물을 뚝뚝 떨구며 돌아다니고 있는 느낌을 받았다. 떡하니 이 집 안에 들어앉은 그런 느낌 말이다.

아버지는 군말 한마디 없이 영사기를 정리하기 시작했다. 어머니가 이리나를 안더니 그만 재우려는 듯 2층으로 발걸음을 옮겼다.

"엄마랑 같이 자도 돼요?" 이리나가 엄마의 목에 매달리며 물었다.

"그냥 두세요. 제가 치울게요." 막스가 아버지에게 말했다.

아버지가 아들에게 미소 짓더니 고개를 끄덕이며 등을 한번 토닥거려주었다.

"잘 자거라, 막스." 아버지가 이번에는 딸을 쳐다보며 말했다. "알리시아, 너도 잘 자렴."

"안녕히 주무세요, 아빠." 알리시아가 지치고 풀 죽은 모습으로 계단을 오르는 아버지의 뒷모습을 바라보며 말했다.

아버지가 2층으로 사라지고 나자 알리시아가 동생 막스를 가만히 쳐다보며 말했다.

"내가 하는 말 아무한테도 안 하겠다고 약속할 수 있어?"

막스가 고개를 끄덕였다.

"약속해. 무슨 얘긴데 그래?"

"피에로 얘기야. 아까 영화에서 나왔던 그 피에로 말이야." 알리시아가 이야기를 시작했다. "나 그거 전에도 봤어. 꿈에서."

"언제?" 막스가 물었다. 심장이 급격히 고동치기 시작했다.

"여기로 이사 오기 전날 밤에." 누나가 대답했다.

막스가 알리시아 맞은편에 가 앉았다. 막스는 누나가 무슨 생각을 하는지 자세히 알 수 없었지만 막연하나마 누나의 눈빛에서 두려움을 감지할 수 있었다.

"자세히 말해봐." 막스가 부탁했다. "정확히 무슨 꿈이었는데?"

"아주 이상한 꿈이었어. 정확치는 않지만, 꿈이라서 그런지……
좀 다르기도 했고." 알리시아가 말했다.

"다르다니?" 막스가 물었다. "뭐가?"

"그 피에로 말이야. 잘 모르겠어." 알리시아가 마치 별것 아니라는
듯 어깨를 으쓱해 보였지만, 목소리는 두려움으로 떨리고 있었다.
"그게 특별한 의미가 있을 것 같지는 않고……."

"맞아." 막스도 거짓말을 했다. "별 의미 없을 거야."

"나도 그렇게 생각해." 알리시아도 수긍했다. "내일 건, 그대로 진
행하는 거지? 잠수 간다는 거 말이야……."

"그럼. 내가 아침에 깨워줄까?"

알리시아가 남동생에게 미소를 보냈다. 막스가 누나의 미소를 본
건 몇 달, 아니 몇 년 만이었다.

"내가 알아서 일어날게." 알리시아가 방으로 가면서 말했다. "잘 자."

"누나도 잘 자." 막스도 대답했다.

막스는 알리시아의 방문이 닫히는 소리를 확인한 뒤 거실 영사
기 옆 팔걸이의자에 앉았다. 가만히 앉아 있으니 부모님이 방에서
도란도란 이야기를 나누는 소리가 들렸다. 그 외에 온 집 안은 밤
의 적막 속에 가라앉아 있었고, 바닷가로 밀려오는 잔잔한 파도 소
리만이 나지막이 들려오고 있었다. 막스는 계단 꼭대기에서 누군가
자신을 지켜보고 있는 걸 느꼈다. 이리나가 키우는 고양이의 불타
는 듯한 노란 눈동자가 자신을 노려보고 있었던 것이다. 막스는 고

양이를 처다보며 말했다.

"저리 꺼져!"

고양이는 그러고도 잠시 동안 더 막스를 노려보더니 어둠 속 어딘가로 사라져버렸다. 막스가 자리에서 일어나 영사기와 필름들을 집어 들었다. 지금 창고로 가져다놓을까 생각도 해보았지만 한밤중에 창고에 가는 게 그리 썩 내키지 않았다. 그래서 그대로 놓아두고 거실 등을 끈 뒤 방으로 올라갔다. 그리고 창가에 서서 조각 공원 쪽을 바라다보았다. 밤의 어둠 속에서는 잘 알아보기가 힘들었다. 막스는 침대에 누워 침대 등을 껐다.

그런데 잠들기 전 마지막으로 막스의 머릿속에 떠오른 영상은 예상과는 달리 조각 공원을 돌며 찍었던 그 필름 속 괴기스러운 영상들이 아니라 조금 전 거실에서 알리시아 누나가 보여주었던 뜻밖의 미소였다. 아무 의미 없는 행동이었을 수도 있지만, 어쩐 일인지 막스는 누나의 그 미소가 두 사람 사이에 가로막혀 있던 닫힌 문을 활짝 여는 계기가 되어준 것 같았다. 그리고 이 순간 이후, 다시는 누나를 모르는 사람처럼 대하지 않게 될 것임을 예감하고 있었다.

6

동이 튼 직후, 막 잠에서 깨어나던 알리시아는 창밖에서 노란 눈동자가 자신을 지켜보고 있는 걸 발견했다. 침대에서 벌떡 일어나니 이리나의 고양이가 서 있던 창가에서 슬렁슬렁 사라져가는 게 보였다. 알리시아는 고양이가 정말 싫었다. 빳빳하게 구는 행동도 싫었고, 방으로 들어오기 전부터 자신의 존재를 예고라도 하듯이 풍겨대는 냄새도 싫었다. 고양이가 남몰래 자신을 지켜보고 있는 걸 깨닫고 놀란 게 이번이 처음도 아니었다. 이리나가 그 가증스러운 짐승을 해변의 집으로 들인 바로 그날 이후, 알리시아는 틈만 나면 고양이가 문턱 위 혹은 컴컴한 구석 어딘가에서 꼼짝 않고 숨어 몇 분이고 가족들의 움직임 하나하나를 살피는 모습을 보곤 했던 것이다. 그래서 표현은 못했지만, 내심 알리시아는 한밤중에 떠돌이 개라도 나타나 저 고양이를 쥐도 새도 모르게 물어 죽여 버리면 좋겠다는 생각도 하곤 했다.

* * *

밖에서는 태양이 이른 새벽의 붉은 기운을 어느덧 떨쳐버리고 조각 정원 너머로 끝없이 펼쳐져 있는 울창한 숲 위로 강렬한 아침 햇살을 쏟아내기 시작하고 있었다. 하지만 막스의 친구가 찾아오려면 아직 최소한 두 시간은 더 있어야 했다. 알리시아는 옷을 갈아입고는 다시 침대 속으로 파고들었다. 어차피 다시 잠을 자긴 틀렸다 싶었지만 일단 눈을 감았다. 멀리서 파도 소리가 들려오고 있었다.

한 시간쯤 지나자 막스가 가볍게 알리시아의 방문을 노크했다.

알리시아가 까치발로 계단을 내려갔다. 막스와 친구가 현관문 밖에서 기다리고 있었다. 문을 열기 전에 현관에서 잠시 걸음을 멈추고 들어보니 문 건너편에서 소년들이 도란도란 이야기를 나누고 있는 소리가 들렸다. 그녀는 심호흡을 하고 문을 열었다.

난간에 기대 서 있던 막스가 돌아서며 미소 지었다. 막스 옆에 구릿빛으로 피부가 그을린 연갈색 머리카락에 키가 막스보다 한 뼘은 큼직한 소년이 서 있었다.

"이쪽은 롤랑." 막스가 소개했다. "롤랑! 우리 누나 알리시아야."

롤랑이 예의바르게 목례를 하더니 곧 시선을 자전거 쪽으로 돌렸다. 하지만 막스는 한순간 롤랑과 알리시아가 눈빛을 주고받는 장면을 놓치지 않았다. 막스는 속으로 미소 지으며 일이 생각보다 훨씬 재미있게 진전되겠다는 생각을 해보았다.

"그런데 어떡하지?" 알리시아가 물었다. "자전거가 두 대밖에 없어서."

"롤랑 자전거 같이 타고 가." 막스가 말했다. "괜찮지, 롤랑?"

"그럼, 괜찮지." 롤랑이 중얼거렸다. "대신 장비는 네가 싣고 가야 해."

막스는 자전거 뒷좌석에 잠수장비가 든 박스를 올려놓은 뒤 줄로 잘 묶었다. 물론 차고에 자전거가 한 대 더 있었지만, 누나를 롤랑 자전거에 태우고 가는 게 훨씬 재미날 것 같았다. 알리시아가 롤랑의 자전거 뒷좌석에 올라타서 롤랑의 허리를 단단히 붙들었다. 막스가 보니 구릿빛으로 그을린 롤랑의 얼굴이 빨갛게 상기되고 있었다.

"준비됐어." 알리시아가 말했다. "내가 너무 무거운 거 아닌가 모르겠네."

"출발!" 막스가 소리치고는 해안 도로를 달리기 시작했다. 그 뒤로 알리시아를 태운 롤랑의 자전거가 따라왔다.

얼마 지나지 않아 롤랑의 자전거가 막스의 자전거를 추월하기 시작했다. 그 뒤로 막스는 더 쳐지지 않기 위해 있는 힘껏 페달을 밟아야 했다.

"괜찮아?" 롤랑이 알리시아에게 물었다.

알리시아가 점점 멀어져가는 집을 돌아보면서 고개를 끄덕였다.

                    *   *   *

  항구 건너편 남쪽 해안 백사장은 편평하고 널찍한 반달 모양을
이루고 있었다. 백사장에는 모래 대신 작고 맨질맨질한 자갈들이
깔려 있었고 곳곳에 파도에 밀려온 조개껍데기와 햇살에 말라버
린 해초들이 널려 있었다. 또 그 뒤로는 깎아지른 듯한 절벽이 병풍
처럼 둘러쳐져 있었고 시커멓고 고독해 보이는 그 꼭대기에 등대가
서 있었다.

  "저게 우리 할아버지 등대야." 롤랑이 바위 사이를 지나 해변으
로 나 있는 오솔길 가에 자전거를 눕혀놓고 말했다.

  "저기서 할아버지랑 둘이 사는 거야?" 알리시아가 물었다.

  "거의." 롤랑이 대답했다. "물론 얼마 전에 저기 아래쪽 해변에 내
가 작은 통나무집을 하나 지어놓기는 했지만. 내 집인 셈이지."

  "네 통나무집이라고?" 알리시아가 여기저기를 둘러보며 물었다.

  "여기서는 안 보여." 롤랑이 대답했다. "사실은 예전에 어부들이
쓰던 낡은 움막이었는데 내가 손을 좀 봤어. 지금은 제법 쓸 만해.
조금 있다 보여줄게."

  롤랑이 두 사람을 해변으로 안내했다. 모두들 샌들을 벗어 들었
다. 태양은 하늘 높이 떠올라 있었고 바다는 초록빛이 살짝 감도는
은빛으로 빛나고 있었다. 해변에는 인적 없이 염기를 머금은 촉촉
한 바닷바람만이 불어왔다.

  "여기 이 자갈들, 조심해. 나는 익숙해서 괜찮지만, 자칫 잘못하

면 넘어지기 십상이거든."

알리시아와 막스는 롤랑 뒤를 따라 해변을 가로질러 통나무집으로 걸어갔다. 그야말로 빨강과 파랑으로 색을 칠한 작은 통나무집이었다. 입구는 모양새를 갖추고 있었고, 처마에는 녹슨 전등이 사슬에 매달려 있었다.

"배에서 꺼내온 거야." 롤랑이 설명했다. "바닷속 난파선에서 이것저것 잔뜩 건져다 여기 통나무집으로 가져다 놨거든. 어때 보여?"

"환상적이야!" 알리시아가 감탄사를 내뱉었다. "여기서 잠도 자?"

"가끔은. 특히 여름에. 겨울에는 춥기도 하지만 할아버지를 저기 위에 혼자 둘 수가 없어서 등대에서 지내고."

롤랑이 통나무집 문을 열고 두 친구를 안으로 들였다.

"들어와. 나의 궁전에 온 걸 환영해!"

롤랑의 통나무집 내부는 해저 유물을 파는 오래된 재래시장처럼 보였다. 소년이 여러 해에 걸쳐 바다에서 건져 올린 '전리품'들이 신화 속 신비의 보물들을 전시해놓은 박물관처럼 아스라한 어둠 속에서 빛을 발하고 있었다.

"열심히 모으긴 했지만, 뭐 대단한 것들은 아니야." 롤랑이 말했다. "어쩌면 오늘 큰 걸 하나 건져낼지도 모르지만 말이야."

통나무집 속에는 바닷속 유물 외에도 낡은 옷장과 탁자, 의자 몇 개, 침대, 그리고 책이 몇 권 꽂혀 있는 책장과 기름등잔도 하나 있었다.

"나도 이런 집 하나 있으면 좋겠다." 막스가 중얼거렸다.

롤랑의 얼굴에 회의적인 미소가 떠올랐다.

"적당한 조건이면 넘기기로 하지." 통나무집이 막스와 알리시아에게 엄청난 감동을 주고 있다는 걸 알아챈 롤랑이 우쭐하며 농담을 했다. "자, 이제 그만 잠수를 시작해볼까?"

막스와 알리시아는 롤랑을 따라 해변으로 갔다. 롤랑이 상자를 열고 잠수 용품들을 꺼냈다.

"그 난파선은 해안에서 25미터에서 30미터 정도 떨어진 곳에 있어. 여기 해안은 생각보다 수심이 깊어. 3미터만 걸어 들어가도 바닥에 발이 안 닿거든. 난파선이 있는 곳은 대략 해저 10미터 정도고." 롤랑이 설명했다.

알리시아와 막스가 서로 알 만한 눈빛을 교환했다.

"물론 처음부터 난파선 내부로 들어가라고는 하지 않을 거야. 가끔 바닥 쪽에는 급류가 형성돼서 위험할 수도 있거든. 나도 한번은 무서워서 죽을 뻔했으니까."

롤랑이 막스에게 물안경과 오리발 한 쌍을 내밀었다.

"그런데 장비가 두 사람 것밖에 없으니, 누가 먼저 해볼래?"

알리시아가 검지로 막스를 가리켰다.

"고마워서 눈물 나겠네." 막스가 알리시아의 귀에 대고 소곤거렸다.

"너무 걱정 마, 막스." 롤랑이 친구를 안심시켰다. "누구나 다 처음엔 초보인 법이잖아. 나도 처음 바다에 들어갔을 때 기겁해 죽는 줄 알았어. 연통 속에 거대한 바닷장어가 들어 있어서."

"뭐가 있었다고?" 막스가 놀라서 되물었다.

"아니야." 롤랑이 대답했다. "농담한 거야. 저 밑에는 송사리 한 마리 없어. 진짜야. 보통은 난파선이 물고기들의 수족관 노릇을 하기 마련인데 참 이상하지? 여긴 전혀 그렇지 않거든. 좀 서운하지? 여하튼, 설마 겁먹은 건 아니겠지?"

"겁이라니?" 막스가 말했다. "내가?"

막스는 오리발을 끼우는 동안에도 롤랑이 면 티셔츠를 벗고 하나밖에 없는 하얀색 수영복 차림으로 변신하는 알리시아를 훔쳐보는 걸 놓치지 않았다. 알리시아가 무릎 깊이까지 바다로 걸어 들어갔다.

"이봐!" 막스가 롤랑에게 귀엣말을 했다. "우리 누나거든? 함부로 넘보지 마!"

롤랑이 장난스러운 표정으로 대꾸했다.

"알리시아를 데려온 건 내가 아니라 너였어." 롤랑의 얼굴에 고양이 같은 미소가 번졌다.

"들어가자!" 막스가 말허리를 잘랐다. "네 말이 맞아!"

알리시아가 돌아보니 잠수부로 변신한 두 소년이 익살스러운 표정을 짓고 있었다.

"근사한데?" 알리시아가 깔깔거리며 웃어댔다.

막스와 롤랑은 물안경 너머로 서로를 쳐다보았다.

"한 가지만!" 막스가 말했다. "나 이거 처음이거든. 잠수 말이야. 수영장에서 수영은 해봤지만, 솔직히 잘할 수 있을지 모르겠어. 그……."

롤랑이 눈을 휘둥그레 뜨고 물었다.

"물속에서 숨 쉬는 법은 알지?"

"내가 잠수할 줄 모른다고 했지, 언제 바보라고 했어?" 막스가 투덜거렸다.

"물속에서 숨을 참을 줄만 알면 잠수할 줄 아는 거야." 롤랑이 말했다.

"조심해!" 알리시아가 소리쳤다. "그리고, 막스! 너 정말 괜찮겠어?"

"아무 일 없을 거야." 롤랑이 말하더니 막스를 향해 돌아서서 어깨를 다독거렸다. "자, 네모 선장님, 앞장서시지요!"

* * *

난생 처음 바닷속으로 들어간 막스는 휘둥그레진 눈앞에 상상하지도 못했던 빛과 어둠의 세계가 펼쳐지는 것을 경험했다. 햇살이 부드럽게 출렁이는 안개 커튼을 뚫고 스미고 있었고, 해저에서 바라본 수표면은 어두컴컴한 춤추는 거울처럼 보였다. 막스는 몇 초간 더 숨을 참았다가 물 밖으로 솟구쳐 올랐다. 몇 미터 떨어진 곳에서 롤랑이 주의 깊게 그를 살피고 있었다.

"할 만해?" 롤랑이 물었다.

막스가 힘차게 고개를 끄덕였다.

"그것 봐. 쉽다고 했잖아. 더구나 내가 옆에 있는데 뭐." 롤랑이 이렇게 말하고 다시 헤엄치기 시작했다.

　마지막으로 막스가 해변을 돌아보니 알리시아가 미소 띤 얼굴로 손을 흔들고 있었다. 막스도 얼른 손을 흔든 뒤 롤랑의 뒤를 따라 바다로 헤엄쳐 들어가기 시작했다. 롤랑은 해변에서 한참 더 떨어진 곳까지 헤엄쳐갔다. 물론 기껏해야 해변에서 30미터 정도 떨어진 것에 불과했지만, 같은 거리도 바다 쪽에서 보면 훨씬 더 멀게 느껴지곤 했다. 롤랑이 막스의 팔을 톡톡 건드리며 손가락으로 아래를 가리켰다. 막스가 숨을 깊이 들이마신 뒤 물안경을 바로 하고 머리를 물속으로 집어넣었다. 어느 정도 시간이 지나자 막스의 두 눈이 옅은 빛만 스며드는 바닷속 어둠에 익숙해졌다. 그리고 바닥에 옆으로 길게 드러누운 채 마법과도 같은 빛의 스펙트럼에 휩싸인 난파선의 형체가 보이기 시작했다. 배의 길이는 대략 50미터쯤 되어 보였다. 어쩌면 좀 더 될지도 몰랐다. 배는 뱃머리 쪽에서 배 안쪽으로 깊게 갈라진 홈이 패어 있었는데, 그 갈라진 형상이 마치 날카로운 발톱에 할퀴어져 생긴 깊은 흉터 자국 같았다. 뱃머리 바로 아래에는 잔뜩 녹이 슬고 해초들이 달라붙은 '오르페우스'라는 이름이 적힌 동판이 붙어 있었다.

　오르페우스호는 언뜻 보아도 여객선이 아닌 화물선이었던 게 분명했다. 여기저기 상처투성이의 난파선에는 곳곳에 해초들이 군락을 이루며 자라고 있었지만, 롤랑의 말대로 물고기는 한 마리도 보이지 않았다. 롤랑과 막스는 대략 6, 7미터 갈 때마다 멈춰 서서 세세히 들여다보면서 배 표면을 한 바퀴 둘러보았다. 롤랑은 난파선이 있는 곳 수심이 10미터 정도라고 했지만, 막스에게는 그 거리가 무한대처럼 느껴졌다. 도대체 롤랑은 어떻게 조금 전 해변의 통나무집에서 보았던 그 많은 물건들을 다 건져다 옮겨놓은 것일까? 막스의 생각을 읽기라도 한 듯 롤랑이 손가락으로 올라가서 기다리라는 신호를 보내더니 자신은 힘차게 오리발을 굴려 더욱 깊이 들어갔다.

막스는 롤랑이 오르페우스호 선체 바로 코앞까지 다가가는 것을 보았다. 롤랑은 곳곳의 튀어나온 부분들을 붙잡고 조심스럽게 한때 선교船橋였을 것으로 보이는 평평한 공간 속으로 미끄러져갔다. 그곳에는 아직도 키가 붙어 있었고, 내부에는 다른 장비들도 눈에 띄었다. 롤랑은 옆으로 누워 있는 수문을 열고 배 안으로 들어갔다. 막스는 친구가 난파선 내부로 사라지는 걸 보고 불안감에 휩싸였다. 롤랑이 선교 안쪽으로 헤엄쳐 들어가는 동안에 한순간도 그 문에서 눈을 떼지 못했다. 저러다가 무슨 일이라도 생기면 어쩌려고? 잠시 후, 롤랑이 다시 문을 나오더니 기다란 물거품의 꼬리를 남긴 채 곧장 막스를 향해 헤엄쳐 올라왔다. 막스도 물 밖으로 고개를 내밀고 가쁜 숨을 몰아쉬었다. 1미터 떨어진 곳에서 롤랑의 얼굴이 솟구쳤다. 귀에 입이 걸릴 정도로 환하게 웃고 있었다.

"놀라운 걸 찾아냈어!" 롤랑이 소리쳤다.

막스가 롤랑의 손에 든 물건을 쳐다보았다.

"그게 뭐야?" 롤랑이 선교 안에서 건져내온 금속 기기를 가리키며 막스가 물었다.

"육분의六分儀!"

막스의 눈썹 끝이 활처럼 치켜올라갔다. 도대체 그게 뭔지 알 수 없었던 것이다.

"육분의는 해상에서 좌표를 계산하던 기구야." 롤랑이 설명했다. 그는 거의 1분 동안 숨을 참았던 탓에 아직도 숨이 무척 가빠 보였다.

"한 번 더 내려갔다 올 테니까, 기다려."

막스가 막 불평을 쏟아내려 하는데 롤랑은 입을 뗄 시간도 주지 않고 잠수해 들어가버렸다. 막스도 얼른 깊은 숨을 들이쉰 뒤 머리를 입수시키고 롤랑 뒤를 따라 들어갔다. 선체를 따라 옆으로 헤엄쳐 간 롤랑은 어느새 선미에 다다라 있었다. 막스는 부지런히 롤랑의 뒤를 따라 오리발을 움직였다. 롤랑이 창문을 통해 선체 내부를 들여다보는 게 보였다. 가슴이 터져버릴 것 같은 순간까지 숨을 참던 막스는 결국 숨을 내쉬면서 다시 물위로 올라갈 채비를 했다.

그런데 바로 그 순간, 뭔가가 눈에 띄었다. 온몸이 얼어붙는 것 같았다. 어두컴컴한 바닷속에서 낡아빠지고 여기저기 찢긴 누더기 깃발이 오르페우스호 돛대 위에 매달린 채 물결에 일렁거리고 있었던 것이다. 막스는 깃발을 찬찬히 쳐다보았다. 빛이 바래긴 했지만 똑똑히 알아볼 수 있었다. 깃발에는 원형 테두리가 둘러진 육각별 문양이 박혀 있었던 것이다. 막스는 등줄기를 타고 오한이 흘러내리는 것을 느꼈다. 지난번 조각 정원의 문설주 위 문장 속에서 본 것과 같은 문양이었다.

롤랑의 육분의가 손가락 사이로 흘러내려 어둠 속 어딘가로 가라앉고 말았다. 무어라 가늠하기 어려운 공포심에 휩싸인 채 막스는 정신없이 해변을 향해 헤엄치기 시작했다.

* * *

30분 후, 롤랑과 막스는 통나무집 현관 앞에 앉아 해변에서 조개껍데기를 줍고 있는 알리시아를 바라보고 있었다.

"정말 그 문양을 전에도 본 적이 있는 거야, 막스?"

막스가 고개를 끄덕였다.

"바닷속에서는 가끔 물체가 실제하고 달라 보이기도 하거든." 롤랑이 말했다.

"분명히 봤어." 막스가 단호하게 말했다. "알겠어?"

"알았어." 롤랑이 접고 들어갔다. "네 말대로라면, 바닷속에서 너희 집 뒤쪽 일종의 묘지같이 생긴 곳에서 본 것과 똑같은 문양을 보았다는 얘긴데, 그게 어떻다는 거야?"

막스가 벌떡 일어서더니 친구를 정면으로 마주 보았다.

"그게 어떻다니? 처음부터 다시 다 이야기해줄까?"

막스는 지금까지 장장 25분에 걸쳐 롤랑에게 지난번 조각 정원에서 있었던 일, 그리고 제이콥 플레이슈만이 찍어두었던 필름 이야기를 했던 참이었다.

"그럴 필요는 없고." 롤랑이 냉랭하게 대꾸했다.

"그럼, 어떡해야 내 말을 믿을래?" 막스가 소리쳤다. "설마 내가 다 꾸며낸 얘기라고 생각하는 건 아니겠지?"

"네가 꾸며냈다고 한 적 없어, 막스." 롤랑이 손에 조개껍데기가 가득한 작은 주머니를 들고 막 돌아온 알리시아에게 엷은 미소를 보내며 물었다. "많이 주웠어?"

"여긴 그야말로 박물관 같아." 알리시아가 주머니를 흔들어 보이며 대답했다.

막스가 초조한 얼굴로 두 눈을 동그랗게 뜬 채 물었다.

"그럼 내 말을 믿는다는 거야?" 막스가 롤랑의 눈을 똑바로 쳐다보며 물었다.

롤랑은 시선을 피하더니 잠시 침묵하다가 말했다.

"네 말 믿어, 막스." 그러면서 롤랑은 수평선으로 눈길을 돌렸다. 그의 얼굴에 슬픈 그림자가 드리워져 있었다. 알리시아가 롤랑의 얼굴색이 변한 걸 감지했다.

"막스 말이, 저 배가 난파하던 날 밤에 너희 할아버지께서 그 배에 타고 계셨다던데, 정말이야?" 알리시아가 한 손을 롤랑의 어깨에 얹으며 물었다.

롤랑이 고개를 크게 끄덕였다.

"유일한 생존자셨지." 그가 대답했다.

"도대체 무슨 일이 있었던 건데?" 알리시아가 물었다. "미안해. 이런 이야기하고 싶지 않을 텐데."

롤랑이 고개를 가로젓더니 두 친구에게 미소를 보냈다.

"괜찮아. 상관없어."

막스가 기대에 찬 표정으로 롤랑을 쳐다보았다.

"그리고 네 말을 믿지 못하는 것도 아니고, 막스. 사실 나한테 그 문양 이야기를 한 게 네가 처음이 아니거든."

"누구 다른 사람도 그걸 본 적 있대?" 막스의 입이 떡 벌어졌다. "그게 도대체 누구야?"

롤랑이 미소 지었다.

"우리 할아버지. 내가 어렸을 때부터 줄곧 그 이야기를 하셨었지." 롤랑이 통나무집을 가리키며 말했다. "슬슬 추워진다. 일단 들어가자. 들어가서 저 배 이야기를 해줄게."

* * *

처음에 이리나는 그게 아래층에서 나는 어머니 목소리인 줄 알았다. 어머니는 가끔씩 집 안을 오락가락하며 혼잣말을 중얼거리곤 하셨기 때문에 엄마가 혼자 무어라 말씀을 하셔도 식구들 누구도 놀라지 않았던 것이다. 그런데 잠시 후, 창밖을 내다보니 어머니가 지난번 이사할 때 이삿짐을 실어다주었던 운전수 중 한 명과 시내로 나가는 아버지를 배웅하고 계시는 게 보였다. 그제야 이리나는 지금 집 안에 자기 혼자뿐이라는 걸 깨달았다. 그렇다면 조금 전에 어머니 목소리인 줄 알고 들었던 그 소리는 잘못 들은 것임에 틀림이 없었다. 그런데 그 소리가 다시 들려왔다. 이번에는 방 안에서 들리고 있었다. 마치 벽 저 너머에서 들려오는 속삭임처럼.

그 소리는 붙박이장 속에서 흘러나오는 것 같았다. 마치 머나먼 어딘가에서 들려오는 중얼거림처럼 무슨 소린지 알아들을 수도 없었다. 해변의 집으로 이사 온 이래 처음으로 이리나는 더럭 겁이 났다. 꼭 닫혀 있는 짙은 색 붙박이장 문을 노려보았다. 문에는 자물쇠가 채워져 있었고, 자물쇠 구멍에 열쇠가 끼워진 상태였다. 더 생각할 것도 없이 이리나는 붙박이장 앞으로 달려가 열쇠를 얼른 돌려 자물쇠를 튼튼히 채워버렸다. 그리고 두 걸음 뒤로 물러서 긴한숨을 내쉬었다. 그런데 그 소리가 또다시 들리기 시작했다. 가만히 들어보니 목소리가 하나가 아니었다. 여러 목소리가 동시에 수군거리고 있었다.

"이리나?" 엄마가 아래층에서 부르셨다.

엄마의 다정한 목소리가 곤경에 빠진 이리나를 구원해주는 것 같았다. 안도감이 밀려왔다.

"이리나! 내려와서 엄마 좀 도와줄래?"

지난 몇 달 동안 단 한 번도 이렇게 간절히 엄마를 도와드리고 싶었던 적이 없었다. 엄마가 시키시려는 일이 무엇이든 상관없었다. 이리나는 얼른 계단을 뛰어 내려가려고 했다. 그런데 순간 얼굴에 차가운 바람이 스쳐 지나가는가 싶더니 방문이 쾅하고 닫혀버렸다. 이리나가 방문으로 달려가 손잡이를 돌려보았지만 꿈쩍도 하지 않았다. 문을 열어보려고 갖은 애를 다 쓰고 있는데 등 뒤에서 무슨 소리가 들렸다. 붙박이장 자물통에 꽂혀 있던 열쇠가 저절로 돌아가고 있었다. 그리고 벽 저 너머에서 들려오는 듯한 그 목소리들이 웃어대는 소리도 들렸다.

* * *

"내가 어렸을 적에⋯⋯." 롤랑이 이야기를 시작했다. "할아버지가 그 이야기를 하도 여러 번 하셔서 몇 년 동안 그 꿈을 꾸곤 했어. 부모님이 교통사고로 돌아가시면서 내가 이 마을에 살게 되고 난 다음의 일이야."

"그 일은 정말 안됐어, 롤랑." 알리시아가 말했다. 롤랑이 얼굴에 상냥한 미소를 띤 채 할아버지와 난파선 이야기를 들려주고는 있지만, 그 일을 기억하는 것 자체가 힘든 일이라는 걸 알고 있었기 때문이다.

"그 당시 난 아주 어렸어. 부모님 얼굴조차 기억나지 않을 정도로." 롤랑은 작은 거짓말조차 알아차릴 것 같은 알리시아의 시선을 피하며 말했다.

"그래서 어떻게 되었는데?" 막스가 물었다.

알리시아가 동생을 흘겨보았다.

"할아버지가 날 데려오셨고, 그 이후로 저 등대에 살게 되었지. 할아버지는 원래 엔지니어셨는데 나를 데려오기 몇 년 전부터 해안 한구석에서 등대지기로 살아가고 계셨대. 할아버지가 1919년에 저 등대를 자비로 세우시니까 시청에서 생활비를 보조해주기로 했거든. 그러고 보면 참 재미난 사연이지?

1918년 6월 23일, 우리 할아버지는 사우샘프턴(영국 잉글랜드의 남부에 있는 항구 도시─옮긴이) 항구에서 오르페우스호에 몰래 승선했어. 당시 오르페우스호는 여객선이 아니라 악명 높은 화물선이었고. 선장은 술주정뱅이에 속속들이 부패한 네덜란드 사람이었는데, 돈 되는 일이라면 언제든 배를 빌려주는 사람이었지. 주로 그 배를 이용하는 고객들은 라 만차 해협을 건너 물건을 실어 날라야 하는 밀수업자들이었어. 오르페우스호는 어찌나 악명 높았던지 독일 전함까지 그 이름을 알게 되었고, 덕분에 독일 전함하고 맞닥뜨렸을 때에도 동정표를 얻어 무사히 풀려났을 정도였대. 여하튼, 전쟁이 끝나갈 무렵, 우리 할아버지가 일명 '떠돌이 네덜란드인'이라고 부르는 그 선장의 사업도 기울기 시작해 몇 달 동안 쌓인 노름빚을 갚기 위해 더 험한 일이라도 해야 할 지경이 되었어. 거의 날마다 그러긴 했지만, 어느 날 밤 억세게 재수가 없었는지 노름판에서 미스터 케인이라는 사람과 내기를 했다가 가진 것 다 날리고 마지막 입고 있던 셔츠까지 벗어줘야 할 지경이 된 모양이야. 그 미스터 케인이라는 사람은 유랑 서커스단의 단장이었어. 미스터 케인은 네덜란드인 선장에게 자기네 서커스 물품 일체를 몰래 해협 건너편으로 실어 날라주면 노름빚을 탕감해주겠다고 했지. 아마도 그 미스터 케인이라는 사람은 서커스용 물품 속에 뭔가 다른 걸 숨기고 있었던 것 같아. 그러니 그걸 최대한 빨리, 불법적으로 운송하고 싶었을 거고. 선장은 제안을 받아들였어. 아니면 어쩌겠어? 시키는 대로 하든가 아니면 배를 날려야 할 판이었는데."

"잠깐만!" 막스가 끼어들었다. "그게 네 할아버지와 무슨 상관이야?"

"이제 말하려던 참이야." 롤랑이 말했다. "아까도 말했지만, 미스터 케인이라는 사람은 뭔가 뒤가 구린 사람이었어. 물론 케인이라는 이름도 본명은 아니겠지만 말이야. 우리 할아버지는 오래전부터 그 자의 뒤를 캐고 계셨었고. 두 사람 사이에는 청산해야 할 빚이 있었고, 할아버지는 미스터 케인과 그자의 화물이 해협을 건너고 나면 그자를 잡을 가능성이 영원히 사라지고 말 것으로 생각하셨어."

"그래서 오르페우스호에 탑승하신 거야?" 막스가 물었다. "몰래?"

롤랑이 고개를 끄덕였다.

"이해 안 되는 게 있어." 알리시아가 말했다. "왜 경찰에 신고하지 않으신 거지? 할아버지가 수사관도 아니고 그냥 엔지니어셨다면서? 도대체 미스터 케인과의 사이에 무슨 청산할 빚이 있으셨던 거야?"

"일단 내 얘기 먼저 마무리하면 안 될까?" 롤랑이 물었다.

막스와 알리시아가 동시에 고개를 끄덕였다.

"좋아. 여하튼 할아버지는 배에 오르셨어." 롤랑이 말했다. "오르페우스호는 정오 무렵 출항을 했어. 한밤중에 목적지에 도달할 예정이었지. 그런데 문제가 생겼어. 자정 무렵에 폭풍우가 몰려오기 시작해 배를 이쪽 해안으로 밀어낸 거야. 그리고 오르페우스호는 암초에 부딪혀 불과 몇 분 만에 침몰해버린 거고. 할아버지는 구명보트 속에 숨어 있다가 구사일생으로 구조되셨지. 다른 사람들은 다 익사했고."

막스가 침을 꼴깍 삼켰다.

"그럼 선원들 시신이 아직 저 아래 있다는 거야?"

"아니." 롤랑이 대답했다. "다음 날 해가 뜬 뒤 몇 시간 동안 해변에는 안개가 자욱했어. 그러다가 마을 어부들이 의식을 잃고 해변에 쓰러져 계시던 할아버지를 발견했고. 나중에 안개가 걷히고 난 뒤 어부들이 여러 척의 보트에 나눠 타고 난파선 주변을 수색했지만 시신은 한 구도 발견하지 못했어."

"그럼……." 막스가 침울한 목소리로 말했다.

롤랑이 손을 들어 자기 먼저 말하겠다는 의사를 밝혔다.

"사람들이 우리 할아버지를 마을 병원으로 모셔갔고, 할아버지는 며칠 동안 혼수상태에 빠져 계시다가 겨우 깨어나셨어. 그리고 나중에 건강이 회복되시자 마을 사람들에게 감사하는 뜻에서 절벽 높은 곳에 등대를 짓겠다고 하셨어. 다시는 이런 비극적인 사태가 반복되지 않기를 바란다는 뜻에서. 그리고 나중에 직접 등대지기가 되기로 하신 거고."

롤랑의 이야기가 끝나고 세 친구는 약 1분 정도 일제히 침묵했다. 그러다가 롤랑이 알리시아를 쳐다보고 다시 막스를 쳐다보았다.

"롤랑!" 막스가 친구에게 상처가 되지 않을 표현을 골라내느라 애쓰며 말했다. "아무래도 이 이야기에는 뭔가 잘 들어맞지 않는 부분들이 있어. 할아버지가 네게 모든 이야기를 다 털어놓으신 것 같지 않다는 말이야."

롤랑은 잠시 가만히 있더니, 결국 입가에 엷은 미소를 지으며 두 친구를 쳐다보았다. 그리고 천천히 고개를 끄덕였다.

"나도 알아." 롤랑이 중얼거렸다. "나도 안다고."

* * *

이리나는 미친 듯이 방문 손잡이를 돌려보았지만 소용없었다. 숨을 멈추고 뒤돌아 선 이리나는 방문에 등을 착 붙이고 섰다. 시선은 자기도 모르게 저절로 돌아가고 있는 붙박이장 열쇠를 향하고 있었다.

마침내 열쇠가 다 돌아가더니 보이지 않는 손이 잡아당기기라도 한 듯 바닥으로 툭 떨어졌다. 그리고 아주 천천히 문이 열리기 시작했다. 이리나는 비명을 질러보려 했지만 목이 막히는 것 같았고, 살려달라는 소리 한마디 나오지 않았다.

캄캄한 장롱 속에서 낯익은 눈동자 두 개가 반짝였다. 이리나가 한숨을 내쉬었다. 자기가 키우는 고양이였던 것이다. 그저 고양이일 뿐이었다. 어찌나 무서웠던지 심장이 다 멈춰버리는 줄 알았다. 이리나는 고양이를 안아 세우려고 무릎을 꿇고 앉았다. 그런데 바로 그 순간 고양이 뒤로 장롱 속 저 안쪽에 다른 누군가가 더 있다는 걸 알아차릴 수 있었다. 고양이 주둥이에서 마치 뱀 소리처럼 묵직하고 섬뜩한 소리가 났다. 고양이는 다시 뒤돌아 제 주인이 있는 어둠 속으로 들어갔다. 어둠 속에서 한줄기 빛이 번쩍이는가 싶더니 고양이 눈 위로 불타는 황금처럼 노란 눈동자 두 개가 반짝거리기 시작했고, 예의 그 목소리들이 한목소리로 이리나의 이름을 불러대기 시작했다. 이리나는 있는 힘을 다해 비명을 지르면서 문을 향해 돌진했다. 소녀가 세게 밀어제치는 통에 문짝이 활짝 열리면서 이리나는 문 앞 복도를 나뒹굴었다. 숨 돌릴 틈도 없이 벌떡 일어선 이리나는 계단을 향해 돌진하기 시작했다. 목덜미로 차가운 냉기가 느껴졌다.

안드레아 카버는 막내딸 이리나가 얼굴이 새하얗게 질린 채 그야말로 눈 깜짝할 사이에 계단 꼭대기에서 펄쩍 뛰는 게 보였다. 아이의 얼굴은 그야말로 사색 그 자체였다. 이름을 소리쳐 부르려 했지만 이미 늦어 있었다. 아이가 바닥까지 계단을 굴러떨어진 것이었다. 안드레아 카버는 아이에게 뛰어가 두 팔로 머리를 받쳐 안았다. 이마에서 피가 흘러내리고 있었다. 목에 손가락을 대보니 약하게 맥이 뛰는 게 느껴졌다. 안드레아 카버는 거의 공황상태에 빠졌지만 아이를 품에 안고 무엇부터 어떻게 해야 할지 생각했다.

그녀 인생 최악의 5초가 마치 영원처럼 느릿느릿 흐르고 있는 동안, 안드레아는 계단 꼭대기를 올려다보았다. 제일 꼭대기에서 이리나의 고양이가 그녀를 노려보고 있었다. 그녀는 상황을 비웃는 듯한 잔인한 고양이의 눈을 잠시 마주 노려보다가 품 안에서 늘어져 있는 상처 입은 딸을 떠올리고는 재빨리 전화기 앞으로 달려갔다.

7

막스와 알리시아가 롤랑과 함께 해변의 집으로 돌아와 보니 문
앞에 의사 선생님 전용차가 서 있었다. 롤랑이 무슨 일인가 싶은
눈빛으로 막스를 쳐다보았다. 알리시아가 자전거에서 뛰어내려 현
관으로 달려갔다. 뭔가 나쁜 일이 생겼다고 직감한 것이다. 눈물이
글썽글썽해진 아버지가 파리한 낯빛으로 현관 앞에 서 있었다.

"무슨 일이에요?" 알리시아가 물었다.

아버지가 맏딸을 끌어안았다. 알리시아는 아버지가 하는 대로
그대로 있었다. 아버지의 손이 떨리고 있는 게 느껴졌다.

"이리나가 사고를 당했다. 지금 혼수상태야. 병원에 데려가려고
앰뷸런스를 기다리고 있고."

"엄마는 괜찮으세요?" 알리시아가 흐느끼며 물었다.

"안에 계시다. 이리나하고 의사 선생님하고 같이. 우리가 해줄 게 아무것도 없구나." 고단함이 묻어나는 아버지의 음성은 공허하기만 했다.

롤랑은 현관 앞에서 아무 말도 못하고 꼼짝없이 서서 침만 꼴깍 삼키고 있었다.

"괜찮겠지요?" 막스가 스스로 생각해도 바보 같은 질문이라고 생각하면서도 물었다.

"두고 봐야지." 아버지가 억지웃음을 지으려 애쓰면서 다 죽어가는 소리로 대답한 뒤 다시 집 안으로 들어갔다. "엄마에게 도울 일이 있는지 가봐야겠다."

세 친구는 현관 앞에 못이라도 박힌 듯 꿔다놓은 보릿자루처럼 그렇게 서 있었다. 잠시 후, 마침내 롤랑이 먼저 입을 열었다.

"유감이야……."

알리시아가 고개를 끄덕였다. 잠시 후, 저 멀리서 앰뷸런스가 오는 게 보였다. 의사 선생님이 밖으로 나왔다. 불과 몇 분 만에 구급대원 둘이 집 안으로 들어가더니 침대차에 이불을 뒤집어 쓴 이리나가 실려 나왔다. 막스의 시선이 재빨리 석회처럼 새하얗게 변해버린 어린 여동생의 얼굴 위로 옮겨갔다. 심장이 내려앉는 기분이었다. 심한 충격을 받은 표정에 두 눈이 벌겋게 충혈되고 퉁퉁 부은 어머니는 앰뷸런스에 올라타면서 마지막으로 알리시아와 막스에게 절망적인 시선을 보냈다. 구급대원들이 얼른 뛰어 제자리를 잡고 앉았다. 아버지가 남매에게 다가왔다.

"너희들끼리 두고 갈 수가 없구나. 마을에 가면 작은 호텔이 하나 있는데……."

"우린 괜찮아요. 여기 걱정은 마세요, 아버지." 알리시아가 말했다.

"그럼 병원에 가서 전화하마. 전화번호는 나중에 알려줄게. 너무 늦은 게 아니면 좋겠는데……, 무슨 일이라도 있으면……."

"어서 가세요, 아버지." 알리시아가 아버지를 끌어안으며 말했다. "다 잘될 거예요."

막시밀리안 카버는 눈물범벅이 된 얼굴에 겨우 미소를 지으며 앰뷸런스에 올라탔다. 세 친구는 말없이 저만치로 사라져가는 자동차 불빛을 바라보았다. 마지막 햇살이 붉은 노을을 드리우고 있었다.

"다 잘될 거예요." 알리시아가 자기 스스로에게 주문이라도 걸 듯 다시 중얼거렸다.

* * *

세 친구는 일단 젖은 옷부터 갈아입고(알리시아는 롤랑에게 아버지가 입던 낡은 바지와 셔츠를 한 벌 빌려주었다) 병원에서 소식이 오기를 기다렸다. 기다림의 시간은 끝이 없어 보였다. 막스의 회중시계 속에서 웃고 있는 달님들은 몇 분 후면 밤 11시가 되리라고 말해주고 있었다. 바로 그때, 전화벨이 울렸다. 현관 앞 계단에서 롤랑과 막스 사이에 앉아 있던 알리시아가 재빨리 뛰어 들어가 두 번째 벨이 채 울리기도 전에 수화기를 집어 들었다. 그러고는 막스와 롤랑을 보면서 고개를 한 번 끄덕였다.

"네." 잠시 후 알리시아가 대답했다. "엄마는 어떠시고요?"

전화기 너머에서 아버지의 목소리가 자그마하게 들려왔다.

"걱정 마세요." 다시 알리시아가 말했다. "아니, 괜찮아요. 우리 걱정은 마시고, 내일 전화 주세요."

알리시아가 잠시 듣고 있다가 고개를 끄덕였다.

"그럴게요." 그녀가 대답했다. "끊어요, 아버지."

알리시아가 수화기를 내려놓고 동생을 쳐다보았다.

"이리나는 현재 지켜보는 중이래." 그녀가 설명했다. "의사 선생님들 말씀이, 충격이 심해서 아직 의식을 되찾지 못하고 있지만, 깨어날 거라고 하셨대."

"정말 그랬단 말이야?" 막스가 재차 물었다. "어머니는?"

"어머니야 당연히 병원에 계시겠지. 어머니가 호텔로 가려고 하시겠어? 내일 10시에 다시 연락하신다고 하셨어."

"그럼 이제 우린 뭐하지?" 롤랑이 조심스럽게 물었다.

알리시아가 어깨를 으쓱하더니 어떻게든 침착한 미소를 지어보려고 애썼다.

"배고픈 사람?" 알리시아가 두 소년을 향해 물었다.

막스는 그제야 무척 허기지다는 생각이 들어 깜짝 놀랐다. 알리시아가 한숨을 내쉬더니 지친 미소를 지었다.

"우리 셋 다 뭘 좀 먹어야 할 것 같아." 그녀가 말했다. "혹시 반대하는 사람 있어?"

잠시 후, 막스는 바게트 샌드위치를 만들고 있었고, 알리시아는 레모네이드를 만들기 위해 레몬 즙을 짜내고 있었다.

그렇게 세 친구는 현관 앞 벤치에 앉아서 저녁 식사를 했다. 노란 가로등불이 밤바람에 일렁였고, 가로등 주변으로는 자그마한 나방들이 몰려들어 춤을 추었다. 그리고 그 맞은편 바다 위로는 휘영청 둥근 달이 바다를 은빛으로 물들이고 있었다.

세 친구는 말없이 밤바다를 바라보고 파도 소리를 들으며 샌드위치를 먹었다. 샌드위치와 레모네이드가 바닥나자 그들은 서로 의미심장한 눈빛들을 주고받았다.

"아무래도 오늘 밤에 잠자기는 틀린 것 같아." 알리시아가 자리에서 일어서더니 저 멀리 은빛 수평선을 바라다보며 말했다.

"우리 셋 다 그럴걸." 막스도 맞장구를 쳤다.

"좋은 생각 있는데……." 롤랑이 입가에 개구쟁이 같은 미소를 지으며 말했다. "혹시 한밤중에 헤엄쳐본 적 있어?"

"설마, 농담하는 거지?" 막스가 퉁겼다.

그런데 알리시아가 말없이 두 눈을 반짝이며 수수께끼 같은 표정으로 두 소년을 쳐다보더니 사뿐사뿐 해변을 향해 걸어 나가기 시작했다. 뒤 한번 돌아보지 않고 백사장을 걸어가면서 흰 면 티셔츠를 벗어 던지는 누나의 뒷모습을 막스는 어안이 벙벙한 얼굴로 지켜볼 뿐이었다.

알리시아는 푸르스름하고 희뿌연 달빛 아래 창백하게 빛나고 있는 바다 앞에서 잠시 발걸음을 멈추는가 싶더니, 곧 그 거대한 빛의 웅덩이 안으로 들어가기 시작했다.

"넌 안 갈래, 막스?" 롤랑이 알리시아 뒤를 따라 백사장을 걸어가면서 물었다.

막스는 말없이 고개만 저었다. 롤랑도 바닷속으로 들어가는가 싶더니 파도 소리에 실려 두 사람의 웃음소리가 들려왔다.

막스는 그렇게 조용히 앉아서 남의 일로만 생각했는데, 생각지도 않게 롤랑과 알리시아 누나 사이에 저렇게 불꽃이 튀게 된 걸 슬퍼해야 할지 말아야 할지 모르겠다는 생각을 했다. 물속에서 두 사람이 즐겁게 뛰노는 모습을 보면서 막스는 두 사람 사이에 어느덧 끈끈한 연이 형성되어버렸다는 걸 깨달았다. 두 사람 스스로도 모르는 사이에 그 여름은 두 사람을 거역할 수 없는 운명으로 한데 엮어버린 것이었다.

그런 생각을 하는 동안에 머릿속에는 코앞까지 다가온, 그러나 이 해변에서는 멀게만 느껴지는 전쟁의 화마에 생각이 미쳤다. 얼굴도 없는 그 전쟁은 조만간 그의 친구 롤랑을 불러들일 것이고, 어쩌면 그 자신까지도 불러들일지 모를 일이었다. 그는 또 길기만 했던 그날 하루 동안에 일어났던 모든 일들을 돌이켜보았다. 바닷속에서 보았던 유령선 같은 모습의 오르페우스호, 해변의 통나무집에서 롤랑이 들려주었던 이야기, 그리고 이리나의 사고까지. 저 멀리서 알리시아와 롤랑의 웃음소리가 들려왔지만 막스는 깊은 불안감에 휩싸여 있었다. 난생 처음으로 시간이 그가 바라던 것보다 훨씬 빠르게 흘러가고 있다는 것과, 더 이상은 예전 어린 시절의 꿈 속에 안주할 수 없으리라는 걸 느낀 것이다. 룰렛 휠이 이미 돌아가기 시작하고 있었다. 그리고 이제 주사위를 던지는 것은 그의 몫이 아니었다.

* * *

얼마 후, 알리시아와 롤랑과 막스는 백사장 위에 즉석으로 모닥불을 피워놓은 뒤 둘러앉아 아까부터 세 사람의 머릿속을 온통 채우고 있던 이야기를 털어놓게 되었다. 모닥불이 알리시아와 롤랑의 물기 젖어 반짝거리는 얼굴에 황금빛 그림자를 드리우고 있었다. 막스가 말없이 두 사람을 지켜보다가 먼저 입을 열었다.

"뭐라고 설명해야 할지 잘 모르겠는데, 분명 무슨 일인가가 일어나고 있다는 생각이 들어. 그게 뭔지는 나도 잘 모르겠어. 하지만 우연치고는 너무나 많은 일이 벌어지고 있잖아. 조각들도 그렇고, 그 문양도 그렇고, 그 배도……."

막스는 두 사람이 반론을 제기해주거나 하다못해 자신은 도저히 흉내도 못낼 신중한 어조로 진정해라, 오늘 너무 고단해서 그럴 뿐이지 불안해할 것 하나도 없다, 하루 사이에 너무 많은 일들이 일어났지만 다 별것 아니다라고 말해주기를 기대했다. 그러나 그런 일은 일어나지 않았다. 여전히 불꽃만 바라보던 알리시아와 롤랑이 말없이 고개를 끄덕였다.

"그 피에로를 꿈에서 봤다고 했지?" 막스가 알리시아를 보고 물었다.

알리시아가 고개를 끄덕였다.

"미처 말하지 못한 일이 하나 있는데……." 막스가 다시 말했다. "어젯밤, 식구들이 모두 잠든 후에 제이콥 플레이슈만이 조각 정원을 돌면서 촬영한 그 필름, 다시 한 번 돌려 봤어. 내가 그곳에 가 본 건 이틀 전이고. 그런데 조각들 위치가 다 달라졌더라고. 뭐랄까…… 마치 누군가가 조각들을 다 옮겨놓은 것처럼 말이야. 내가 본 위치는 그 필름 속 위치하고 전혀 달랐거든."

알리시아가 여전히 춤추는 불꽃만 노려보고 있는 롤랑을 쳐다보며 물었다.

"롤랑! 할아버지께서 혹시 그 이야기는 하신 적 없어?"

롤랑은 아무 소리도 듣고 있지 않는 것 같았다. 알리시아가 가만히 손을 뻗어 롤랑의 손을 잡자 마침내 롤랑이 고개를 들었다.

"나도 다섯 살 때 이후로 줄곧 여름만 되면 그 피에로 꿈을 꾸어 왔어." 롤랑이 들릴락 말락한 목소리로 털어놓았다.

막스는 롤랑의 얼굴에 두려움이 떠오른 것을 보았다.

"아무래도 네 할아버지를 만나봐야 할 것 같아, 롤랑." 막스가 말했다.

롤랑이 보일락 말락하게 고개를 끄덕였다. "내일." 롤랑이 거의 들리지도 않을 만큼 작은 소리로 약속했다. "내일."

8

해가 뜨기 직전, 롤랑은 다시 자전거에 올라타 등대 집을 향해 달리기 시작했다. 해안 도로를 달리면서 보니 구름이 낮게 깔린 하늘이 노르스름하게 호박 빛으로 물들어가고 있었다. 머릿속은 온통 불안감과 흥분으로 뒤죽박죽이었다. 더 이상 빨리 돌릴 수 없을 만큼 최고 속도로 페달을 밟았다. 이렇게 몸이라도 힘들게 하면 혹시나 그의 내면을 가득 채우고 있는 온갖 의문과 두려움을 조금이나마 잠재울 수 있을까 싶었던 것이다.

항구를 낀 만을 지나 등대가 있는 언덕길을 올라간 뒤 롤랑은 잠시 자전거를 세우고 숨을 돌렸다. 저기 저 절벽 위에 선 등대에서는 등댓불이 구름을 가르는 불칼처럼 마지막 어둠의 그림자를 뚫고 반짝거리고 있었다. 롤랑은 할아버지가 아직 등대에 계시리라는 걸 알고 있었다. 아마도 아침 햇살에 어둠이 완전히 가시기까지는 말없이 자리를 지키고 계시리라. 롤랑은 벌써 여러 해 전부터 그 고 집스러운 강박관념에 사로잡힌 할아버지에게 왜 그러는지, 그런 행 동을 하는 이유가 무엇인지 질문 한 번 하지 않고 지내오고 있었 다. 아주 어려서부터 일종의 습관처럼 되어버린, 별로 신경 쓰지 않 고도 절로 몸에 익어버린 일상생활의 한 단면이 되어버린 그런 일 이었기 때문이다.

그러나 시간이 흐르면서 롤랑은 점점 할아버지가 들려주신 이야 기가 허점투성이임을 감지하게 되었다. 하지만 지금까지 한 번도 할 아버지가 거짓말을 하고 계신다거나, 최소한 진실을 고스란히 말하 고 있지 않다고 생각한 적은 없었다. 단 한순간도 할아버지의 정직 성을 의심한 적 없었던 것이다. 사실 할아버지는 한 해 한 해 세월 이 갈 때마다 조금씩 조금씩 진실의 파편을 드러내곤 했는데, 그 기이한 퍼즐의 한가운데는 늘 '조각 정원'이 자리 잡고 있었다. '조 각 정원'이라는 말은 어떤 때에는 꿈속에서 나타나기도 하고, 또 어 떤 때에는 롤랑이 던지는 질문에 대한 할아버지의 에두른 답변 속 에서 등장하기도 했었다. 여하튼, 그가 한 가지 확신하는 건, 할아 버지가 만일 그에게 뭔가 비밀을 숨기고 있다면 다 그를 보호하기 위해서일 거라는 것이었다. 그러나 그는 그런 할아버지의 노력도 그 끝이 보이기 시작했으며, 마침내 진실과 대면할 시간이 점점 다가 오고 있음을 예감하고 있었다.

다시 자전거 페달을 밟으면서 롤랑은 머릿속에서 그 생각을 떨쳐버리려 애썼다. 너무 오랫동안 잠을 못 자 그의 몸이 슬슬 피로를 호소하고 있었다. 등대 집에 도착한 롤랑은 자전거를 울타리에 기대 세워놓은 뒤 불도 켜지 않고 그대로 안으로 들어갔다. 그리고 계단을 올라가 자기 방으로 들어간 뒤 침대 위로 고꾸라지듯이 쓰러졌다.

눈을 들어 창밖을 올려다보니 저만치 30미터쯤 위로 솟아오른 등대가 보였고, 등대에 난 창문을 통해 꼼짝 않고 앉아 계시는 할아버지의 모습도 보였다. 롤랑은 눈을 감고 잠을 청했다.

오르페우스호로 잠수해 갔던 일로부터 알리시아와 막스의 동생의 사고까지, 하루 동안 있었던 일들이 주마등처럼 눈앞을 스쳤다. 롤랑은 불과 몇 시간도 안 되는 짧은 시간 동안에 그들과 이렇게 가까워질 수 있었다는 게 신기하기도 하고, 또 힘이 불끈 솟기도 했다. 혼자 방 안에 가만히 누워 알리시아와 막스를 떠올리니 그 두 친구야말로 이제부터 그의 가장 절친한 친구이며, 모든 비밀과 불안을 함께 나눌 수 있는 동료가 되리라는 생각이 들었다.

두 친구를 생각하는 것만으로도 뭔가 든든한 느낌이 들었고, 그만큼 자기 스스로도 밤사이 해변에서 맺었던 일종의 눈에 보이지 않는 맹세를 충실히 지켜내야겠다는 각오가 들었다.

마침내 지난 하루가 주었던 흥분이 피로에 밀려 자리를 내주는 순간, 깊고 달콤한 잠 속으로 빠져들면서 롤랑이 마지막으로 떠올린 것은 그들 세 사람을 엄습하고 있는 알 수 없는 불안감도, 가을

이면 군에 입대해야 할지도 모른다는 걱정도 아니었다. 그날 밤, 롤랑은 달빛 아래서 하얀 피부를 드러낸 채 은빛 바닷속으로 걸어 들어가던 알리시아와 평생을 함께하게 되리라는 행복한 꿈을 꾸며 잠들었던 것이다.

*   *   *

수평선 저 너머로부터 위협적인 먹구름이 낮게 드리우고 그 구름 사이로 간간이 가느다란 햇빛이 스며 나오듯 비추는 가운데 아침이 찾아왔다. 아마도 하루 종일 겨울 같은 추위가 찾아올 것 같았다. 빅터 크레이는 등대 베란다의 금속제 난간에 기대어 발아래로 펼쳐진 만을 내려다보았다. 오랜 세월 등대지기 생활을 하다 보니 어느덧 태풍을 동반한 납덩어리 같은 빛깔의 하루하루를 맞이하며 해변의 여름을 예감할 수 있었다. 그리고 그 속에서 풍겨나는 오묘한 아름다움까지 감지할 수 있었다.

등대 창문으로 바라보면 마을은 마치 미니어처 수집가가 정교하게 제작한 모형 같아 보였다. 그리고 그 너머 북쪽으로는 해안선이 끝없이 이어지는 하얀 줄처럼 그렇게 뻗어나가고 있었다. 해가 좋은 날에는 지금 빅터 크레이가 서 있는 바로 이 망루에서 마치 모래톱에 처박힌 거대한 금속제 화석처럼 바닷물 속에 침몰해 누워 있는 오르페우스호의 모습이 또렷이 보였다.

그러나 그날 아침 바다는 마치 끝도 모를 깊고 어두운 호수의 물처럼 그렇게 일렁이고 있었다. 그 어두운 바다를 내려다보면서 빅터 크레이는 자신이 손수 지은 등대에서 보낸 지난 25년의 세월을 회고해보았다. 돌이켜보니 그 한 해 한 해가 마치 그의 어깨 위에 올려진 무거운 돌덩이처럼 느껴졌다.

세월이 흐르면서 끝없는 기다림이라는 그 초조한 비밀은 그로 하여금 모든 것이 꿈이었을지도 모른다는 생각을 하게 만들었다. 또 편집증적인 그의 집착은 그를 상상 속에나 나옴직한 위협을 경계하는 경계병으로 전락시키기도 했다. 그러나 또다시 그 꿈이 반복되곤 했다. 결국 과거의 유령이 잠들어 있던 기나긴 세월을 흔들어 깨우고 새삼 그로 하여금 기억의 통로를 달음박질치게 만든 것이다. 그리고 그와 동시에 오랜 적과 맞서기에는 이미 너무 늙고 쇠해버린 그에게 두려움이 밀려들고 있었다.

몇 해 전부터 그는 하루에 두세 시간밖에 잠을 잘 수가 없었다. 나머지 시간은 실질적으로 혼자 등대에서 보내곤 했다. 손자 롤랑은 몇날 며칠이고 해변의 통나무집에서 지내곤 했고, 낮에 가끔 만나더라도 고작 2, 3분도 함께하지 못하는 게 이젠 익숙한 일상이었다. 어찌 보면 빅터 크레이가 일부러 손자와 거리를 두고 있었는데, 그렇게 손자와 멀어지는 게 오히려 그에게는 영혼의 평화를 가져다줬다. 벌써 여러 해 동안 손자와 시간을 함께하지 못하는 아픔을 겪어왔지만 그것이 롤랑의 미래의 안위와 행복을 위해 치러야 할 대가라면 기꺼이 감수할 수 있기 때문이었다.

그런데 등대에서 롤랑이 오르페우스호로 잠수하며 노는 것을 내려다보고 있노라면 피가 얼어붙는 느낌이 들곤 했다. 그는 롤랑이 모든 걸 알게 되기를 원치 않았다. 그래서 어려서부터 롤랑이 배나 과거 난파 사건에 대해 물어올 때면 늘 거짓말은 하지 않되 사건의 진실을 그대로 털어놓지 않으려 애써왔다. 어제는 롤랑이 해변에서 새로 사귄 친구 둘과 어울리는 걸 지켜보면서 지금까지 침묵을 지켜온 것이 크게 잘못한 것은 아니었던 모양이라는 생각도 했다.

이런 생각을 하다 보니 다른 날보다 등대에서 너무 시간을 지체한 것 같았다. 보통은 8시 전에 내려가는데, 시계를 보니 벌써 10시 반이 지나 있었다. 빅터 크레이는 나선형 계단을 내려갔다. 집으로 가서 절로 잠이 깰 때까지 잠시 눈을 붙여볼 요량이었다. 그런데 내려가다 보니 롤랑의 자전거가 눈에 띄었다. 아마도 집에 들어와 잔 모양이었다.

손자가 깨지 않게 소리를 죽여 집으로 내려갔는데 롤랑이 식당에 있는 낡은 팔걸이의자에 앉아 자신을 기다리고 있는 게 보였다.

"잠이 안 와서요, 할아버지." 롤랑이 미소 띤 얼굴로 말했다. "두 시간 정도 떼메 가도 모르게 잤는데, 갑자기 잠이 깨더니 더 이상 잠이 오지 않더라고요."

"그랬구나." 빅터 크레이가 대답했다. "그럴 때 확실한 처방이 하나 있는데……."

"그게 뭔데요?" 롤랑이 물었다.

노인이 장난꾸러기 같은 미소를 지었다. 그럴 때면 그의 나이에서 예순 살쯤은 사라져버리는 것 같았다.

"요리를 하는 거야. 배 안 고프니?"

롤랑이 잠시 고민했다. 노랗게 구은 토스트에 버터와 잼을 발라 계란 프라이를 곁들여 먹을 생각을 하니 부쩍 허기가 돌았던 것이다. 롤랑이 크게 고개를 끄덕였다.

"좋았어." 빅터 크레이가 말했다. "그럼 네가 조수를 맡아. 시작할까?"

롤랑은 할아버지를 따라 주방으로 들어가 할아버지가 시키는 일을 했다.

"나는 원래 엔지니어니까 계란 프라이를 맡을 거고, 넌 토스트를 굽도록 해." 빅터 크레이가 말했다.

잠시 후, 할아버지와 손자는 식탁 가득 김이 모락모락 나는 음식을 차려냈다. 집 안은 온통 막 차린 아침상에서 풍기는 거절할 수 없는 맛있는 냄새로 가득 찼다. 두 사람은 식탁에 마주 앉아 컵 가득 신선한 우유를 따른 뒤 건배를 했다.

"자, 이거 먹고 쑥쑥 커야지." 빅터 크레이가 농담을 하면서 짐짓 게걸스러운 표정을 지으며 토스트를 한입 베어 먹었다.

"어제 배에 갔었어요." 롤랑이 눈을 아래로 내리깐 채 거의 혼자 중얼거리는 수준으로 말했다.

"안다." 할아버지가 여전히 미소 띤 얼굴로 입맛을 다시며 물었다. "무슨 특별한 일이라도 있었니?"

롤랑은 잠시 망설이더니 우유 컵을 내려놓고 할아버지를 응시했다. 할아버지는 일부러 아무 걱정 없는 듯 유쾌한 표정을 짓고 있었다.

"뭔가 나쁜 일이 일어나고 있는 것 같아요, 할아버지." 마침내 롤랑이 털어놓았다. "그 조각들과 관련이 있는 것 같고요."

빅터 크레이는 갑자기 목구멍에 무언가가 턱 막히는 느낌이 들었다. 그는 먹던 토스트를 내려놓았다.

"제 친구 막스가 본 것도 있고요." 롤랑이 계속 말을 이었다.

"그 친구는 어디 사니?" 할아버지가 진지한 음성으로 물었다.

"해변에 있는, 예전에 닥터 플레이슈만이 살던 그 오래된 집이요."

빅터 크레이가 천천히 고개를 끄덕였다.

"롤랑! 너와 네 친구들이 봤다는 걸 모두 이야기해보거라. 어서."

롤랑은 어깨를 으쓱해 보이더니 지난 이틀 사이에 있었던 모든 일들, 그러니까 막스를 처음 만나게 된 것부터 지난밤에 있었던 일들까지를 모두 이야기했다.

롤랑은 이야기를 마친 뒤 할아버지가 무슨 생각을 하실까 궁금해하며 할아버지를 쳐다보았다. 할아버지는 전혀 동요를 일으키지 않고 예의 그 편안한 미소를 띠고 있었다.

"우선 아침부터 먹어라, 롤랑." 할아버지가 말했다.

"하지만……." 롤랑이 대꾸했다.

"밥 다 먹고 나서 그 친구들을 찾아 데리고 오너라." 할아버지가 말했다. "해줄 이야기가 많구나."

*　　*　　*

　오전 11시 34분, 막시밀리안 카버가 병원에서 집으로 전화를 걸었다. 아이들에게 이리나 소식을 알려주기 위해서였다. 이리나는 조금씩 차도를 보이고 있지만 의료진은 아직 안심하기는 이르다고 했다. 그래도 알리시아는 안정을 되찾은 듯한 아버지의 음성으로 미루어 보아 동생이 최악의 고비는 넘겼다는 걸 알 수 있었다.

　5분 후, 전화벨이 다시 울렸다. 이번에는 롤랑이었다. 마을 카페에서 거는 거라면서 정오에 등대에서 만나자고 했다. 수화기를 내려놓는 알리시아의 머리에 지난밤 해변에서 느꼈던 롤랑의 매혹적인 눈길이 떠올랐다. 그녀는 혼자 미소 지으며 롤랑과의 약속을 막스에게 알려주기 위해 현관으로 나갔다. 저만치 백사장 위에 동생이 앉아 바다를 바라보고 있었다. 수평선 너머 하늘 위에서는 이미 번갯불이 번쩍이기 시작하고 있었다. 알리시아는 해변으로 걸어가 막스 옆에 나란히 앉았다. 아침 바람이 피부가 시릴 만큼 차서 두툼한 스웨터라도 가지고 나올걸 싶었다.

　"롤랑이 전화했어." 알리시아가 말했다. "걔네 할아버지가 우리를 만나고 싶어 하신대."

　막스가 여전히 바다를 바라보며 말없이 고개만 끄덕였다. 빛이 하늘에서 번쩍이는가 싶더니 이내 수평선 끝까지 하늘을 갈랐다.

　"롤랑 좋아하지?" 막스가 모래를 한 움큼 쥐었다가 손가락 사이로 흘려보내며 물었다.

101

알리시아가 잠시 생각하다가 대답했다.

"응. 그리고 롤랑도 날 좋아하는 것 같고. 왜, 막스?"

막스가 어깨를 으쓱하더니 모래를 한 움큼 쥐고 밀려오는 파도를 향해 던졌다.

"그냥." 막스가 말했다. "롤랑이 전쟁 얘기 했던 게 생각나서. 어쩌면 가을에 군에 가야 할지도 모른다고 했거든……. 뭐 상관없어. 어차피 내 일은 아니니까."

알리시아가 어린 남동생을 쳐다보자 막스가 얼른 딴 데를 쳐다보았다. 막스는 아버지를 꼭 닮아 끝이 활처럼 동그랗게 휘어진 눈썹을 가지고 있었다. 또 그의 잿빛 눈동자에는 근심 걱정이 그대로 다 드러나곤 했다.

알리시아가 한 팔로 동생 막스의 어깨를 감싸더니 한쪽 뺨에 뽀뽀를 해주었다.

"우리 그만 들어가자." 알리시아가 옷에 묻은 모래를 털어내며 말했다. "여긴 너무 추워."

9

등대로 향하는 언덕길 초입에 도착했을 때 막스는 다리가 다 풀려버리는 느낌이었다. 집에서 출발하기 전에 알리시아가 창고에서 잠자고 있는 자전거를 꺼내 타겠다고 했지만 막스는 그럴 것 없다며 전날 롤랑이 했던 것처럼 자기가 누나를 뒤에 태우고 가겠다고 큰소리쳤던 것이다. 그리고 불과 1킬로미터도 못 가서, 막스는 자신이 쓸데없이 호기를 부린 걸 후회하기 시작했다.

롤랑이 그 먼 거리를 달려온 막스의 고충을 알았는지 자전거를 타고 언덕길 입구까지 내려와 기다리고 있었다. 롤랑이 보이자 막스는 자전거를 멈추고 누나를 내려주었다. 그리고 긴 한숨을 내쉰 뒤 뻣뻣하게 굳어버린 두 다리를 열심히 주물렀다.

"다리가 4, 5센티미터는 짧아진 것 같은데." 롤랑이 말했다.

막스는 롤랑의 농담에 대꾸하느라 기운 빼고 싶지 않았다. 알리시아가 말없이 롤랑의 자전거에 올라타자 롤랑이 페달을 밟기 시작했다. 막스는 잠시 쉬었다가 다시 언덕길을 오르기 시작했다. 이다음에 어른이 되어 첫 월급을 타면 무엇부터 할지 마음을 정했다. 오토바이부터 사고야 말 것이다.

*　*　*

등대 집 아담한 식당에는 방금 내린 커피 향과 파이프 담배 냄새가 꽉 차 있었다. 바닥과 벽면은 짙은 목재로 마감되어 있었고, 큼지막한 책장과 막스가 봐서는 정확히 뭔지 모를 해산품 몇 개를 제외하고는 장식품 하나 없었다. 장작을 때는 벽난로와 짙은 색 벨벳 식탁보가 씌워진 탁자, 빛바랜 가죽 팔걸이의자 몇 개가 빅터 크레이가 누리는 호사의 전부였다.

롤랑은 친구들에게 팔걸이의자를 권한 뒤 자기는 두 의자 사이에 조그마한 나무 걸상을 당겨와 앉았다. 모두들 말없이 앉아 한 5분쯤 기다리니 위층에서 할아버지가 내려오는 소리가 들렸다.

마침내 등대지기 할아버지가 모습을 드러냈다. 막스가 기대하던 모습은 아니었다. 빅터 크레이는 보통 키에, 낯빛이 창백했으며, 숱 많은 머리는 은빛으로 세어 있었고, 얼굴은 나이를 가늠하기 힘들었다.

노인의 초록빛이 도는 맑은 눈동자가 생각을 읽어내기라도 하려는 듯 천천히 남매의 얼굴을 지켜보았다. 막스는 할아버지의 캐는 듯한 눈빛에 저도 모르게 움찔해 어색한 미소를 지어 보냈다. 그러자 빅터 크레이가 친절하고 환한 미소로 답했다.

"너희들은 몇 년 만에 우리 집에 찾아온 손님이란다." 등대지기 할아버지가 팔걸이의자에 앉으며 말했다. "다소 무례해 보여도 이해하거라. 내가 꼬맹이 때부터 깍듯하게 예의범절을 따지는 건 다 부질없는 멍청이 짓이라고 생각했고, 지금도 그 생각에는 변함이 없으니까."

"할아버지, 우린 꼬맹이들이 아니에요." 롤랑이 말했다.

"나보다 젊으면 다 꼬맹이지 뭐." 빅터 크레이가 말했다. "네가 알리시아고, 네가 막스, 맞지? 어때? 이 정도면 그리 아둔하지도 않지 않냐?"

알리시아가 따뜻한 미소를 보냈다. 할아버지를 만난 지 2분도 채 되지 않았는데, 할아버지의 소탈한 태도가 금방 친근감을 느끼게 했다. 막스는 내심 노인의 얼굴을 살피면서 저런 사람이 어떻게 수십 년 동안 등대 속에 쭈그리고 앉아 오르페우스호의 비밀을 지키고 있었을까 생각해보았다.

"너희들이 무슨 생각으로 왔는지 안다." 빅터 크레이가 말했다. "지난 며칠 동안 너희들이 본 것들, 너희들이 보았다고 생각하는 것들이 정말 사실이니? 솔직히 그동안 그 누구하고도, 심지어 롤랑하고도 나누지 않았던 이런 이야기를 하게 될 날이 올 거라고는 생각지 못했단다. 하지만 세상만사가 늘 예상대로만 되는 건 아니니까. 그렇지?"

아무도 대답하지 않았다.

"좋아. 그럼 바로 본론으로 들어가자. 우선 너희들이 알고 있는 모든 걸 다 얘기해보거라. 내가 '모든 것'이라고 한 건 그야말로 '모든 것'을 의미한다. 별로 중요해 보이지 않는 것들까지 모조리 말이다. 하나도 빠짐없이 모두. 알겠니?"

막스가 친구들을 쳐다보며 물었다.

"내가 먼저 시작할까?"

알리시아와 롤랑이 고개를 끄덕였다. 빅터 크레이가 시작하라는 신호를 보냈다.

*　*　*

그로부터 30분 동안 막스는 쉬지 않고 기억나는 대로 모든 걸 이야기했다. 노인은 막스에게 시선을 고정한 채 이야기를 듣고 있었다. 그에게는 믿기 힘들다는 표정도, 그리고 막스가 기대했던 놀랍다는 표정도 떠오르지 않았다.

마침내 막스가 이야기를 마치자 빅터 크레이는 파이프를 집어 들더니 기계적인 동작으로 담배를 집어넣었다.

"그랬군……." 그가 중얼거렸다. "그랬어……."

등대지기 할아버지가 파이프에 불을 붙이니 온 방 안 가득히 들큰한 담배 연기가 퍼져나갔다. 빅터 크레이는 아주 천천히 담배를 한 모금 빨아들이더니 팔걸이의자에 편하게 몸을 뉘었다. 그리고 잠시 후, 세 아이의 눈을 하나하나 응시한 뒤 이야기를 시작했다…….

* * *

"가을이면 내 나이 일흔둘이 된다. 물론 그렇게 들어 보이지는 않는다고 해 다행이기는 하지만, 실제로 한 해 한 해 세월의 무게는 고스란히 내 어깨를 벽돌처럼 누르고 있지. 나이가 들면 몇 가지 사실을 깨닫게 된단다. 예를 들어, 지금 나는 인생이 기본적으로 세 시기로 나뉜다는 걸 알고 있어. 첫 번째 시기는, 자신은 늙지 않을 거라 믿고, 시간도 흐르지 않을 거라 믿으며, 모든 인간은 세상에 태어난 첫날부터 똑같은 종착점을 향해 걸어간다는 사실을 믿으려 하지 않는 시기지. 그 젊음의 시기를 지나면 두 번째 시기가 시작된단다. 두 번째 시기에 사람들은 인생의 부질없음을 깨닫게 되고, 마음속의 불안감이 평생을 따라다니며 의심과 의혹의 바다처럼 점점 커져가는 걸 느끼게 되지. 그리고 생이 끝날 무렵 마지막 시기인 세 번째 시기에 도달하는데, 그때에 이르러서야 사람들은 현실을 인정하고 결국 체념하고 기다리게 돼. 나는 평생을 살아오면서 그중 어느 한 시기에 붙잡혀서 끝내 그 시기를 빠져나오지 못한 사람들도 많이 보았단다. 정말 안된 일이야."

빅터 크레이는 세 아이들이 말없이 귀 기울여 듣고 있는 걸 보았다. 아이들의 눈빛은 도대체 무슨 말씀을 하고 계신 거냐고 묻고 있었다. 그는 파이프 담배를 한 모금 더 빨고는 엷은 미소를 지으며 말을 이었다.

"이 과정은 부디 목적지에 도달하기 전에 길을 잘못 들지 않게 해달라고 하늘에 기원하면서 우리 모두가 고독하게 지나야 하는 길이란다. 만일 사람들이 태어나면서부터 아주 단순한 진리인 그것을 깨닫게 된다면 세상에는 슬픔도 고통도 없을 거다. 그러나 그것이야말로 우주의 거대한 역설이고, 보통은 너무 늦게야 그 진리를 깨닫게 되지. 그것을 뒤늦은 교훈으로 얻으면서 말이야.

아마 너희들은 내가 왜 이런 이야기를 하고 있는지 궁금할 거다. 이제 그 이유를 말해주마. 아주 가끔씩, 그야말로 백만 번에 한 번 정도, 너무 젊은 나이에 인생은 돌이킬 수 없는 길이라는 진리를 깨닫고, 자신은 결코 그런 길을 가지 않겠다고 작정하는 사람이 나오게 된단다. 별로 하고 싶지 않은 게임을 할 때 속임수를 쓰는 사람과 비슷하다고 볼 수 있겠지. 많은 경우 속임수가 탄로 나면 게임은 중단되잖니? 그런데 속임수가 끝까지 탄로 나지 않으면 속임수를 쓴 사람이 게임에 이기게 되지. 그런데 그게 주사위 게임이나 카드 게임이 아니고 삶과 죽음을 놓고 하는 게임이라면, 속임수를 쓰는 사람은 위험천만한 사람일 수밖에 없을 거야.

아주 오래전, 그러니까 내가 너희들 나이였을 때, 나는 운명적으로 엄청난 속임수를 쓰는 사람을 만나게 되었단다. 그 사람의 진짜 이름이 뭔지는 나도 몰라. 여하튼 내가 살던 가난한 동네에서는 꼬맹이들이 그 사람을 '케인'이라고 불렀어. 어떤 사람들은 '안개의 왕자'라는 이름으로 부르기도 했고. 그 사람이 늘 어두운 밤거리의 짙은 안개 속에서 불쑥 튀어나왔다가는 해가 뜨기 전에 다시 어둠 속으로 사라진다고 해서 붙여진 이름이었지.

케인은 정확히 어디 태생인지는 알려져 있지 않지만, 여하튼 잘생긴 젊은이였어. 밤마다 우리 마을 골목길 어딘가에서 공장의 기름때에 찌든 누더기 옷을 걸쳐 입은 아이들을 모아놓고는 협정을 맺자고 꼬드기곤 했지. 누구든 소원을 말하면 이루어준다는 거였어. 대신 케인은 딱 한 가지, 무조건적인 충성을 조건으로 내걸었고. 어느 날 밤, 내 절친한 친구 앙구스와 나는 동네 꼬마들이 모인다는 케인의 모임에 놀러 갔어. 방금 오페라 무대에서 빠져나온 듯 말쑥하게 차려 입은 그 케인이라는 남자는 미소를 짓고 있었지. 눈동자 색깔은 어둠 속에서 시시각각으로 변하는 것 같았고, 목소리는 굵고 느릿느릿했어. 아이들 말에 따르면, 케인이 마법사였다는 것도 같더라. 동네에 돌고 있던 소문에 콧방귀도 끼지 않던 나는 그날 밤, 그곳에 가서 마법사를 실컷 조롱해줄 심산이었어. 그런데, 지금 돌이켜 보면, 그날 밤 그자를 대면한 순간에 그자를 조롱하겠다는 생각은 허공 속으로 사라져버리고 말았던 것 같아. 그를 보자마자 내가 느낀 유일한 감정은 바로 '두려움'이었고, 그 결과 한마디도 하지 못했으니까. 그날 밤, 거리의 많은 아이들이 케인에게 소원을 말했지. 그렇게 모든 아이들의 소원을 듣고 난 뒤, 케인의 얼음

같은 시선이 나와 내 친구 앙구스가 서 있던 길모퉁이를 향했어. 우리에게 소원이 없느냐고 묻더군. 나는 아무 말 못하고 있는데, 놀랍게도 앙구스가 소원을 말해버린 거야. 걔 아버지가 바로 그날 아침에 해고를 당했거든. 마을 남자들 대부분이 소속되어 있던 공장이 하루 종일 일하고도 불평 한마디 없는 기계들을 속속 들여오면서 사람들을 내보내게 된 거지. 평소에 근로자들 중 말썽에 앞장섰던 사람들부터 잘랐는데, 앙구스 아버지는 그런 사람들 중에서도 처음으로 손꼽히는 사람이었어.

그날 오후부터 앙구스를 필두로 그의 다섯 형제들은 등 떠밀리다시피 습기로 찌든 열악한 환경의 벽돌 공장으로 나가야 했고 그들의 미래는 없어진 거나 진배없었어. 앙구스가 기어들어가는 목소리로 케인에게 소원을 빌더구나. 제발 아버지가 다시 복직하게 해달라고. 케인이 고개를 끄덕였어. 그리고 소문대로 안개 속으로 걸어가더니 사라져버렸지. 다음 날, 앙구스네 아버지는 어떻게 된 영문인지 몰라도 다시 회사에 복직하게 되었어. 케인이 약속을 지킨 거야.

그로부터 두 주 후, 앙구스와 나는 장날 구경을 하다가 해가 떨어지기 전에 집을 향해 나섰는데 아무래도 시간이 좀 늦었다 싶어서 지름길로 가기로 했어. 그래서 버려진 옛날 기찻길을 따라 걸어갔지. 그렇게 한참을 가고 있는데, 갑자기 싸늘한 달빛이 비추더니 안개가 밀려들었어. 그리고 그 속에서 금실로 수놓은 원형 테두리가 둘러진 육각별 문양이 새겨진 망토를 걸친 한 남자가 버려진 기찻길 한가운데로 우리를 향해 걸어오는 모습이 보였지. 바로 안개의 왕자였어. 우리는 그 자리에 돌처럼 굳어버렸고. 케인은 우리에게 다가오더니 예의 그 미소를 지으며 앙구스를 쳐다보더라. 그러더니 빚을 갚을 때가 되었다고 했어. 앙구스는 벌벌 떨면서도 고개를 끄덕였지. 케인이 말하기를, 자기 소원은 아주 간단한 거랬어. 간단하게 서로 계산을 끝내자는 거였지. 당시 우리 동네에서 가장 부유한 사람은, 아니 실질적으로 유일한 부자는 식품점과 의류매장이 입점해 있는 백화점을 소유한 폴란드 태생의 거상 스콜리모스키라는 사람이었어. 마을 사람들 모두가 그 백화점을 이용했으니까. 앙구스가 해야 할 일은 스콜리모스키의 백화점에 불을 지르는 거였어. 앙구스는 뭐라 항변을 하려 했지만 목구멍으로 소리가 나오지도 않았다더구나. 케인의 눈은 무조건적 복종이 아닌 것은 그 무엇도 받아들일 수 없다고 말하고 있었지. 마법사는 나타날 때와 마찬가지로 그렇게 사라져버렸어.

우리는 정신없이 집으로 뛰어갔어. 앙구스 집 앞에 도착했을 때 그 아이의 두 눈은 두려움으로 가득 차 있었고, 그걸 보는 내 가슴은 찢어질 것만 같았지. 다음 날, 나는 거리 거리를 돌며 앙구스를 찾아보았지만 도대체 어딜 갔는지 흔적도 찾을 수 없었어. 슬슬 그 친구가 케인이 시킨 범죄행위를 저지를까 봐 걱정이 되기 시작해 결국 그날 밤 나는 스콜리모스키의 백화점 앞에서 망을 보기로 했어. 다행히 끝내 앙구스는 나타나지 않았고 백화점에는 불이 나지 않았지. 나는 친구를 의심했던 것이 미안했지만 내가 해줄 수 있는 최선의 일은 친구를 찾아가 안심시키는 일일 거라고 생각했지. 나는 그 친구를 잘 알았는데, 집 어딘가에 숨어서 그 무시무시한 마법사의 보복을 두려워하며 벌벌 떨고 있을 게 분명했거든. 다음 날 아침, 나는 앙구스네 집으로 갔어. 그런데 그가 집에 없더라고. 앙구스의 어머니는 눈물을 흘리며 지난밤에 앙구스가 안 들어왔다면서 제발 좀 찾아서 데려와달라고 부탁하시는 거야.

나는 두 주먹을 불끈 쥐고 동네 여기저기를 찾아보았어. 그 아이가 있을 만한 곳이라면 구석구석 하나도 빠짐없이 뒤져가면서 말이야. 앙구스를 보았다는 사람 하나 없더라고. 해질 무렵, 완전히 지쳐버린 나는 더 이상 어디를 찾아봐야 할지 알 수 없을 지경이 되었지. 그런데 바로 그 순간, 퍼뜩 생각이 스쳤어. 나는 얼른 버려진 기찻길로 달려가 한밤의 달빛 아래 희미하게 빛나는 철로를 따라 걷기 시작했지. 그런데 얼마 가지 않아 철로 변, 이틀 전에 안개 속에서 케인이 등장했던 바로 그 자리에 쓰러져 있는 앙구스를 발견했어. 얼른 숨이 붙어 있는지 확인해보려 했지만 내 손에 닿은 건 앙구스의 피부가 아니었어. 그냥 얼음덩어리였지. 내 친구의 몸은 버려진 철길 위에서 서서히 녹아가고 있는, 물기가 흐르는 기괴한 형상의 푸른 얼음 덩어리로 변해 있었던 거야. 그 아이 목에는 케인의 망토에 새겨진 것과 똑같은, 원형 테두리가 있는 육각별 문양이 새겨진 작은 메달이 걸려 있더군. 나는 내 친구의 얼굴이 다 녹아 내려 시커먼 눈물의 웅덩이가 되어버릴 때까지 꼼짝 않고 그곳에 앉아 있었어.

그리고 그날 밤, 내가 내 친구의 끔찍한 최후를 지켜보고 있는 사이, 스콜리모스키의 백화점이 큰 화재로 전소돼버렸지. 나는 그날 밤 내가 목격했던 그 사실을 아무에게도 말하지 않았어.

그로부터 두 달 후, 우리 가족은 그곳에서 멀리 떨어진 남부 지방으로 이사하게 되었고, 또다시 몇 달이 흐르면서 나는 '안개의 왕자'는 내가 어린 시절을 보냈던, 그 가난하고 더럽고 폭력적인 도시에서 보냈던 암울한 몇 년간의 씁쓸한 기억일 뿐이라고 생각하기 시작했어……. 그자를 다시 만나기 전까지는 말이야. 그자를 다시 보고서야 나는 깨달았지. 그건 시작에 불과했었다는 것을."

10

내가 안개의 왕자와 다시 만난 건 섬유 회사에서 기술팀장으로 승진한 우리 아버지가 식구들을 모두 데리고 놀이공원에 놀러갔던 어느 날 밤이었다. 놀이공원은 마치 하늘에 둥실 떠 있는 유리성처럼 바다 위에 띄워놓은 목재 부유물 위에 설치되어 있었다. 해질 무렵 바다 위에 떠 있는 놀이공원에서 뿜어내는 각양각색의 빛의 향연은 그야말로 감동 그 자체였다. 나는 지금껏 한 번도 그렇게 아름다운 광경을 본 적이 없었다. 아버지도 기분이 좋으셨다. 빈곤한 미래만이 버티고 있을 그 북부 지방의 빈민촌에서 가족을 끌어내온 것도, 이제는 제법 인정받는 자리에 올라 아이들을 데리고 이런 놀이시설에서 재미있는 시간을 보낼 수 있을 만큼 돈을 넉넉하게 벌게 된 것도 만족스러웠던 것이다. 일찌감치 저녁 식사를 끝낸 뒤, 아버지는 우리 형제들에게 동전을 몇 개씩 쥐어주며 각자 제일 하고 싶은 걸 하고 오라고 했다. 그동안에 아버지는 어머니와 팔짱을 끼고 관광객들이 즐겨 찾는 예쁜 장소나 찾아다니며 공원 산책을 하겠다고 했다.

나는 놀이공원 제일 끝에 있으면서 칸칸이 불이 켜 있어 해안가 어디에서고 한눈에 보이는, 쉬지 않고 돌아가는 대형 관람차가 제일 타보고 싶었다. 그래서 얼른 관람차 앞으로 뛰어가 줄을 섰다. 벌써 기다리는 줄이 몇 미터에 이르고 있었다. 그런데 뽑기를 하는 가게와 사격장들 사이로 자홍색 등불이 밝혀진 기묘한 가게가 하나 보였다. 입구에 붙어 있는 플래카드에는 '예언자, 마법사, 투시가, 닥터 케인'이라는 문구 아래 삼류 화가가 그린 것으로 보이는, 무시무시한 표정의 '안개의 왕자' 얼굴이 새겨져 있었다. 어쩌나 그 표정이 무서워 보였던지 지나가던 사람들이 궁금한 표정으로 가게를 기웃거렸다. 가게에 내걸린 플래카드와 가게 전체를 감싸고 있는 불그스름한 전등 불빛까지 더해져 그곳은 한층 괴기스럽고 무서운 분위기를 자아내고 있었다. 그리고 입구에는 검은 실로 육각별 형상이 수놓아진 커튼이 드리워져 있었다.

그 광경에 홀려버린 나는 관람차 줄을 빠져나와 가게 입구로 다가갔다. 그리고 흔들거리는 커튼 틈새로 안을 들여다보려고 기웃거리고 있는데 갑자기 커튼이 활짝 열리더니 우유처럼 새하얀 피부에 검은 드레스를 받쳐 입은 맑고 까만 눈동자의 아가씨가 나와 안으로 들어오라고 손짓을 했다. 가게 안으로 들어서니 언젠가 본 적 있는, 케인이라는 이름의 남자가 등잔불을 밝힌 책상 앞에 앉아 있는 게 보였다. 노란 눈의 시커멓고 커다란 고양이 한 마리가 그자의 발치에 똬리를 틀고 앉아 발등을 핥아대고 있었다.

나는 손톱만큼의 주저함도 없이 안개의 왕자가 미소 짓고 앉아 있는 책상 앞으로 성큼성큼 다가갔다. 어디 멀리 회전목마에서 흘러나오는 듯한 나른한 음악소리가 주변을 가득 메운 가운데 내 이름을 부르는 그자의 굵직하고 느릿느릿한 목소리를 나는 곧 기억해낼 수 있었다.

*　　*　　*

"빅터! 오, 나의 옛 친구!" 케인이 속삭였다. "내가 예언자가 아니었더라도, 이쯤이면 우리 둘은 다시 만날 운명이었다고 할 수 있지 않을까?"

"누구세요?" 안내를 자처했던 유령 같은 여자가 슬그머니 어둠 속으로 사라지는 걸 곁눈질로 보면서 빅터가 겨우 한마디했다.

"닥터 케인이야. 플래카드 못 봤나?" 케인이 대답했다. "식구들과 즐거운 시간 보내고 있는 거지?"

빅터가 침을 한 번 꼴깍 삼킨 뒤 고개를 끄덕였다.

"다행이군." 마법사가 말했다. "오락이라는 것은 아편과 같아서 모든 슬픔과 고통을 잊게 해주는 법이거든. 물론 다 덧없는 것이기는 하지만 말이야."

"아편이 뭔지도 모르겠는데요." 빅터가 대꾸했다.

"일종의 마약이란다, 얘야." 케인이 오른쪽 책장 위에 놓인 시계를 흘낏 쳐다보면서 지겹다는 듯 말했다.

빅터가 보기에는 시계 바늘이 거꾸로 돌고 있는 것 같았다.

"시간은 절대로 머물러주지 않으니, 마냥 흘려보내서는 안 된단다. 그래, 소원은 생각해보았니?"

"소원 같은 거 없어요." 빅터가 대답했다.

케인이 껄껄거리며 웃어댔다.

"그런 말 말아라, 그런 말 말아. 사람들은 누구나 소원이 있는 법이란다. 그것도 아주 많이 말이야. 그런데도 소원이 이루어지는 경우는 아주 드물지." 케인이 아까 본 그 수수께끼 같은 여자를 참 안됐다는 표정으로 쳐다보며 말했다. "안 그래, 예쁜이?"

여자는 헝겊 인형이라도 되듯 아무런 대답도 하지 않았다.

"하지만 운 좋은 사람들도 있어, 빅터." 케인이 책상 위로 허리를 숙이면서 말했다. "너처럼 말이야. 넌 소원을 이룰 수 있으니까. 그 방법은 알고 있을 거고."

"앙구스를 어떻게 한 거예요?" 어디서 그런 용기가 났는지 빅터가 늘 머릿속에 품고 있던 생각을 토해냈다. 케인은 눈썹 한 올 까딱이지 않았다.

"그건 사고였단다, 빅터. 아주 안타까운 사고였지." 케인은 정말 마음 아프다는 듯 애절한 목소리로 말했다. "아무런 대가도 없이 꿈이 이루어질 수 있다고 생각하는 건 오산이야. 안 그렇니, 빅터? 그건 온당치 못한 일이지. 앙구스는 해야 할 일을 망각해버렸어, 난 그런 건 못 참는 성미고. 하지만 다 지난 일이야. 이미 흘러간 일일 뿐이라고. 우린 미래를, 네 미래를 이야기하도록 하자꾸나."

"그럼 당신도 그런 거예요?" 빅터가 물었다. "당신도 소원을 이룬 거냐고요? 지금 이 모습이 바로 그건가 보죠? 그럼 당신은 그 대가로 무엇을 치렀나요?"

케인의 얼굴에서 뱀 같은 징그러운 미소가 싹 지워지더니 그의 시선이 빅터 크레이에게 고정되었다. 소년은 순간 남자가 자기에게 달려들어 무슨 짓이라도 하려는 건 아닌가 싶어 더럭 겁이 났다. 하지만 잠시 후 케인은 예의 그 미소를 되찾았고, 빅터는 안도의 한숨을 내쉬었다.

"아주 영리한 아이로구나. 그래서 더 맘에 든다, 빅터. 하지만 아직도 배워야 할 것들이 많을 거다. 나중에 준비가 되거든, 그때 오너라. 언제든 나를 다시 만날 수 있을 테니까. 곧 다시 만나기를 기대하마."

"그런 일 없을 거예요." 빅터가 대답하며 벌떡 일어서 출입구로 걸어갔다.

가느다란 실에 매달려 춤을 추는 망가진 꼭두각시 인형 같은 그 여자가 다시 그를 바깥으로 안내했다. 막 몇 걸음 걸어 나가는데 등 뒤에서 케인의 목소리가 들려왔다.

"한 가지만 더, 빅터! 그 소원 말인데, 잘 생각해보거라. 내 제안은 여전히 유효하니까. 너는 어쩜 별 관심 없을지 모르지만, 한참 잘 나가고 있는 네 가족은 혹시 아니? 남모르게 가슴에 품고 있는 소원이라도 있을지? 그걸 이루어주는 게 내 전공이고 말이야."

빅터는 대답하지 않고 그대로 밤공기가 차가운 밖으로 나왔다. 그리고 심호흡을 한 뒤 가족을 찾아 발걸음을 서둘렀다. 저만치 등 뒤로 회전목마 음악 소리가 울려 퍼지는 가운데 가면으로 얼굴을 가린 하이에나의 울음소리 같은 닥터 케인의 웃음소리가 서서히 멀어지고 있었다.

*   *   *

막스는 말없이 넋이 빠진 듯 노인의 이야기를 듣고 있었지만, 사실 속에서는 수만 가지 궁금증이 마구마구 솟아오르고 있었다. 그런 막스의 마음을 읽기라도 한 듯 빅터 크레이가 손가락으로 그를 가리키며 말했다.

"기다려라, 막스. 때가 되면 모든 퍼즐 조각이 제자리를 찾게 될 테니까. 일단은 끝까지 듣도록 해, 알겠지?"

노인은 막스를 보고 말했지만, 세 아이가 약속이라도 한 듯 동시에 고개를 끄덕였다.

"그래, 됐다……." 등대지기 노인이 혼잣말을 뇌까렸다.

     *   *   *

그날 밤, 나는 그 사람을 다시는 만나지 않기로, 그 사람과 관련된 모든 기억을 내 머릿속에서 영원히 지워버리기로 결심했다. 물론 쉽지는 않았다. 닥터 케인이라는 인물이 누구이든 간에, 그자는 떼어버리려고 하면 할수록 더욱 피부에 악착같이 달라붙는 규석 조각처럼 뇌리에 깊이 새겨지는 특별한 능력을 갖춘 자이기 때문이었다. 나는 그 사람 이야기를 아무에게도 털어놓을 수 없었다. 까딱하다가는 미친놈 취급을 받을 게 뻔했고, 경찰에 신고하려고 해도 도대체 무슨 이야기를 어디에서부터 풀어내야 할지 몰랐기 때문이다. 신중하게 일을 처리하려다 결국은 세월만 보내게 되고 말았다.

우리 가족은 그 후로도 일이 잘 풀렸고, 나는 나름대로 큰 도움을 주는 귀인도 만나게 되었다. 고등학교 때 내게 수학과 물리학을 가르쳐주시던 선생님이 바로 그분이셨다. 처음 선생님을 만났을 때에는 마치 뜬구름을 잡으며 사는 사람 같은 인상을 받았다. 하지만 사실 선생님은 명석한 두뇌의 소유자로 과학에 대한 미친 듯한 열정과 그 이면에 훌륭한 인성을 감추고 계신 분이었다. 선생님은 내가 깊이 있는 공부를 할 수 있도록 격려해주셨고, 내게서 수학적 재능을 이끌어내시기도 했다. 그분과 몇 년을 함께하면서 내게 과학적 소질이 있음을 점차 명확히 발견해나가게 된 건 당연한 결과였는지도 모른다. 처음에는 나도 그분처럼 선생님이 되고 싶었다. 하지만 선생님은 내게 더욱더 다양한 자극을 주며 대학에 진학해 물리학을 공부한 뒤 이 나라 최고의 엔지니어가 되라고 조언하셨다. 그리고 나는 그 조언을 따랐다.

대학에서 공부할 수 있도록 장학금을 끌어다주신 분도 그분이셨다. 선생님은 한마디로 오늘의 내가 있을 수 있도록 내 삶을 인도해주신 분이셨다. 그분은 나의 대학 졸업을 일주일 앞두고 돌아가셨고, 그때 나는 친아버지를 잃은 듯한 슬픔을 맛보았다. 나는 대학에 진학해 새 친구를 하나 사귀게 되었는데, 그것은 내가 다시 닥터 케인과 맞닥뜨리는 계기가 되었다. 내가 새로 사귄 친구는 리차드 플레이슈만이라는 의대생으로, 엄청난 부잣집(내 눈에는 그렇게 보였다) 아들이었다. 바로 몇 년 후 이 해변가에 집을 짓고 살게 된 바로 그 닥터 플레이슈만이었다.

리차드 플레이슈만은 매우 다혈질로 성질이 불같은 사람이었다. 평생을 자신이 꿈꿔온 일들은 모두 이루며 살았기 때문에 어쩌다가 일이 생각대로 잘 풀리지 않기라도 하면 불같이 화를 내곤 했다. 그런 그와 내가 친구가 되었다는 건 그야말로 인생의 아이러니가 아닐 수 없었다. 우리는 한 여자를 사랑했다. 에바 그레이라고, 당시 고집불통에 독불장군으로 명성을 날리던 화학과 교수의 딸이었다.

처음에 우리는 셋이 함께 어울려 다녔다. 무서운 테오도어 그레이 교수한테 허락을 받아 일요일마다 함께 피크닉을 가곤 했다. 참신기한 일은, 플레이슈만과 나는 연적 관계인데도 불구하고 떼려야 뗄 수 없는 절친한 친구사이를 유지했다는 점이다. 매일 밤, 우리는 에바를 무서운 아버지의 암흑 동굴 속으로 돌려보낸 뒤 함께 집으로 돌아가곤 했다. 물론, 우리는 둘 다 조만간 우리 둘 중 하나는 게임에서 퇴출될 것임을 예감하고 있었다.

그날이 오기까지, 우리는 인생에서 최고로 행복한 2년의 시간을 보내고 있었다. 그러나 모든 일에는 그 끝이 있는 법. 삼총사였던 우리 셋도 졸업을 맞이하게 되었다. 졸업에 즈음하여 나는 온갖 상이란 상은 다 휩쓸어 최고의 영예를 누리게 되었지만, 나의 옛 스승을 잃은 슬픔에 무척 상심하고 있었고, 그 모습을 본 에바와 리차드는 내가 술을 못하는 걸 뻔히 알면서도 졸업식 날 밤에 나를 고주망태로 만들어버리기로 계획했다. 그렇게라도 해서 나를 슬픔에서 벗어나게 해주고 싶었던 것이다. 그러나 그들이 입도 뻥끗하지 않았는데, 평소에는 귀가 어둡던 무서운 테오도어 교수가 어떻게 알아냈는지 우리 계획을 간파해버렸고, 결국 그날 밤에는 플레이슈만과 나 둘이서만 지저분한 선술집에서 밤새도록 우리의 이룰 수 없는 사랑의 대상 에바 그레이를 칭송하며 술독에 빠져버렸다.

그리고 그날 밤, 우리 둘이 캠퍼스를 갈지자로 비틀대며 걸어가고 있는데, 안개 자욱한 기차역 옆으로 새로 들어온 유랑 놀이 시설이 보였다. 회전목마라도 한번 타면서 술을 깨기로 한 플레이슈만과 나는 놀이 공원으로 들어가 '예언자, 마법사, 투시가, 닥터 케인'이라는 무시무시한 플래카드가 붙은 가게로 갔다. "우리 여기 들어가서 에바가 우리 둘 중에 누구를 선택하게 될지 물어볼까?" 나는 인사불성으로 취해 있었지만, 그곳만은 들어가지 않아야 한다는 생각은 할 정도의 판단력은 남아 있었다. 그러나 과감히 가게 문을 열고 들어서는 내 친구를 붙들 만한 여력은 없었다.

아마 그 뒤로 몇 시간 동안 무슨 일이 있었는지 전혀 기억이 나지 않는 걸 보니 나는 곧바로 의식을 잃고 쓰러진 모양이었다. 나중에 정신을 차리고 보니, 머리는 깨어질 듯 아팠고, 나와 플레이슈만은 오래된 나무 벤치 위에 쓰러져 있었다. 이미 해가 뜨고 있었고, 밤새 있었던 놀이 기구들의 휘황찬란했던 오색 불빛도, 소음도, 지난밤 그렇게 많이 몰려들었던 인파도, 다 술에 취해 꾼 꿈속의 장면이기라도 했던 양 사라지고 없었다. 우리는 일어나 주변을 두리번거렸지만 보이는 거라고는 황량한 공터뿐이었다. 내가 플레이슈만에게 혹시 간밤에 무슨 일이 있었는지 기억나느냐고 묻자, 그는 한참을 생각하더니 어떤 예언자 가게로 들어갔던 기억이 난다고 했다. 예언자가 소원이 있느냐고 묻기에 에바 그레이의 사랑을 얻는 게 소원이라는 대답을 했던 것 같다고도 했다. 하지만 그는 실은 아무 일도 없었는데 그런 꿈을 꾼 거 보니 그야말로 제대로 취했었나 보다며 파안대소했다.

그로부터 두 달 후, 에바 그레이와 리차드 플레이슈만은 결혼했다. 나는 결혼식에 초대조차 받지 못했다. 그리고 그로부터 25년 동안 그 두 사람을 만나지 못했다.

　　　　　　　* 　 * 　 *

　겨울비가 추적추적 내리는 어느 날, 퇴근을 하고 있는데 바바리
를 입은 웬 남자가 계속 내 뒤를 미행하고 있었다. 집에 도착해 식
당 창문으로 내다보니 그 이상한 남자는 길모퉁이에 서서 여전히
우리 집을 살펴보고 있었다. 도대체 누군가 싶어 나는 밖으로 나갔
다. 당장이라도 그자의 정체를 밝혀버릴 심산이었다. 그런데 추위
에 오들오들 떨고 있던 그 남자는 다름 아닌 리차드 플레이슈만이
었다. 그의 얼굴에는 25년의 세월의 흔적이 고스란히 남아 있었고,
그의 두 눈은 평생을 뭔가에 쫓기며 살아온 도망자의 눈 그 자체였
다. 그가 벌써 몇 달째 불면에 시달리고 있음을 한눈에 알아본 나
는 그를 집으로 데리고 가 따뜻한 커피를 한 잔 내주었다. 그는 내
얼굴을 제대로 쳐다보지도 못한 채 아주 오래전 닥터 케인의 가게
를 찾아갔던 그 밤 이야기를 꺼냈다.

　나는 에둘러 말할 필요조차 못 느꼈기 때문에 다짜고짜 닥터 케
인이 소원을 이루어주는 대가로 뭘 요구하더냐고 물었다. 플레이슈
만은 두려움과 수치심이 가득한 얼굴로 내 앞에 무릎을 꿇더니 제
발 자기를 좀 도와달라고 눈물로 호소하는 거였다. 나는 그의 애원
같은 건 본체만체하고 얼른 대답이나 하라고 재촉했다. 도대체 네
소원을 이루어주는 대가로 닥터 케인한테 뭘 약속했느냐 말이야?

　"큰아이……." 그가 대답했다. "첫째 아이를 내놓겠다고 약속했어."

*　　*　　*

플레이슈만은 처음 몇 년 동안 아내가 아이를 갖지 못하도록 그
녀에게 몰래 피임약을 먹여왔다고 고백했다. 그런데 몇 년이 지나도
그토록 원하는 아이가 생기지 않자 에바 플레이슈만은 극심한 절
망감에 빠져버렸고, 결국 결혼 생활은 지옥처럼 변하고 말았다. 플
레이슈만은 이렇게 계속 임신이 안 되다가는 결국 에바가 미쳐버리
거나 큰 슬픔을 이기지 못하고 산소 공급을 못 받는 촛불처럼 서
서히 꺼져가게 될 것이라는 판단에 이르렀다. 그는 어디 하소연할
데도 없다면서, 제발 자신을 용서하고 도와달라고 내게 간청했다.
결국 나는 그를 도와주기로 했다. 다만, 그를 위해서는 아니었고,
에바 그레이와의 연을 생각해서, 그리고 그녀와의 옛정을 생각해서
그러마고 한 것이었다.

그날 밤, 나는 플레이슈만을 내 집에서 쫓아내버렸다. 물론 친구
가 생각하는 그런 이유와는 전혀 다른 이유 때문이었다. 나는 빗속
에서 그 친구를 미행했다. 친구는 도심을 가로질러 걸어가고 있었
다. 몇 미터 뒤에서 그를 따라가면서 도대체 내가 무엇 때문에 이렇
게까지 해야 하는 걸까 자문해보았다. 에바 그레이가 젊은 시절 나
를 버렸던 사람이긴 해도 그녀의 첫아이를 그 끔찍한 마법사에게
넘겨야 한다고 생각하면 속이 뒤틀리는 것 같았고, 결국 나는 그
한 가지 이유만으로도 닥터 케인과 다시 맞닥뜨릴 수밖에 없다는
결론을 내렸다. 물론, 어느덧 나의 젊음도 연기처럼 사라져가고 있

으니, 어쩌면 이 게임에서 내가 지게 될지도 모른다는 생각도 강하게 밀려들었다.

플레이슈만을 따라가니 나의 오랜 지인 '안개의 왕자'가 차려놓은 새 소굴이 보였다. 이번에는 유랑 서커스단이 그의 새 둥지였다. 그리고 놀랍게도 닥터 케인은 예언자와 투시가라는 이름을 버리고 그보다는 좀 못해 보이지만 그의 유머 감각을 한층 돋보이게 해주는 새로운 가면을 쓰고 있었다. 온 얼굴에 하얀색과 빨간색 칠을 한 피에로가 바로 그것이었다. 물론 얼굴에 겹겹이 분칠을 했지만 시시각각으로 색깔이 변하는 그의 눈동자는 그가 누구인지를 그대로 보여주고 있었다. 케인의 서커스단 천막 꼭대기에 솟은 봉 위에는 육각별이 그려진 깃발이 펄럭였고, 마법사 주위에는 괴기스러운 분위기를 풍기는 단원들이 즐비하게 둘러서 있었다. 단원들은 하나같이 익살스러운 서커스 단원 복장을 하고 있었지만, 음흉한 구석이 느껴졌다. 나는 그로부터 두 주 동안 케인의 서커스단을 감시했는데, 곧 노란 줄무늬가 그어진 그자의 서커스 천막 속에 들어앉은 도당들은 하나같이 지나는 곳마다 무엇이든 쓸어가는 위험천만한 사기꾼과 범죄자, 그리고 도둑들이라는 것을 확인할 수 있었다. 또한 나는 닥터 케인이 그 천박한 습성상, 자신의 노예들을 처리하면서 실종이나 절도 등 갖가지 범죄의 흔적을 남겼고, 그 결과 급기야 경찰의 그물망에 걸리게 되었다는 것도 알게 되었다. 경찰은 그자의 유령 서커스단에서 범죄의 냄새가 모락모락 풍기고 있음을 감지했던 것이다.

물론 케인 역시 자신이 처한 상황을 파악하고 있었고, 당장 동료들을 데리고 비밀리에, 특히 경찰이 눈치채지 못하게 국외로 빠져나가기로 마음먹은 상태였다. 그래서 마침 노름빚을 잔뜩 지게 된 아둔한 네덜란드 선장을 이용해 그날 밤으로 오르페우스호에 올라타게 된 것이다. 그리고 나도 그자와 함께 배에 올랐다.

폭풍우가 몰아치던 그날 밤의 상황은 나도 정확히 설명할 수가 없다. 하여간 무서운 폭풍에 해안으로 밀려오던 오르페우스호는 그만 암초에 부딪히고 말았고, 물이 밀려들면서 삽시간에 침몰하고 말았다. 나는 구명정 속에 숨어 있었던 덕에 배가 암초에 부딪히는 순간 배를 탈출했고, 결국 파도에 밀려 해안으로 떠내려 왔다. 그리고 그렇게 목숨을 건지게 된 것이다. 케인과 그의 도당들은 혹시 경찰의 단속에 걸릴까 우려해 화물 상자 속에 몸을 웅크린 채 배 밑창에 숨어 있었다. 아마도 얼음처럼 차가운 물이 배 밑창으로 밀려들 때까지도 바깥에서 벌어지고 있는 일을 상상조차 못했겠지…….

* * *

"그런데……." 마침내 막스가 입을 열었다. "아직까지도 시신은 발견되지 않았고요."

빅터 크레이가 고개를 저었다.

"보통 그런 날씨에는 바다가 시신을 삼켜버리고 말지." 노인이 말했다.

"하지만 며칠 지나면 다시 떠오른다고 어디선가 읽은 적 있어요." 막스가 말했다.

"책에 있는 게 다 진리는 아니란다." 노인이 말했다. "물론 그 말은 사실이지만 말이다."

"그래서 어떻게 되었어요?" 알리시아가 물었다.

"지난 세월 동안 나는 나름대로 가설을 세워놓았는데, 사실 나 자신도 믿기 힘들었단다. 그런데 이제 그 가설이 맞았다는 게 점점 확실해지고 있어……."

* * *

"오르페우스호에서 살아남은 사람은 나뿐이었단다. 하지만 병원에서 의식을 회복한 나는 아무래도 이상하다는 생각이 들었어. 그래서 등대를 짓고 들어와 살기로 한 거야. 그다음 이야기는 너희들이 알고 있는 대로고. 나는 그날의 사고로 닥터 케인이 죽었다고 생각지 않는다. 다만 잠시 활동을 중단했을 뿐이지. 그래서 그 오랜 세월 동안 이곳을 지킨 것이고. 그사이에 롤랑의 부모가 세상을 떠나 내가 롤랑을 맡아 키우게 되었지만, 이제와 생각해보면 내가 롤랑을 맡아 키운 게 아니라 롤랑이 나와 함께해준 셈이 되어버린 것 같구나.

문제는 그게 끝이 아니었다는 거야. 흐르는 세월 속에서 내가 치명적인 실수를 저질렀거든. 에바 그레이를 만나보고 싶다는 생각이 든 거지. 과거의 모든 것들이 그 의미를 지니고 있는지 확인해보고 싶었던 거야. 그런데 플레이슈만이 한 발 앞섰더구나. 그 친구가 나 있는 곳을 알아내고 나를 찾아온 거야. 나는 그동안 있었던 일들을 이야기 해주었고, 그 이야기를 들은 그는 오래도록 그를 쫓아 다니던 망령에서 해방되었다고 생각했던 것 같아. 그래서 여기 이 해변에 집을 짓기로 한 거지. 얼마 후에 제이콥이라는 아들도 얻었고. 바야흐로 에바에게 생애 최고의 시간들이 펼쳐지고 있었어. 아이를 잃게 되기 전까지는.

제이콥 플레이슈만이 익사 사고를 당하던 날, 나는 안개의 왕자가 결코 떠난 게 아니라는 사실을 깨달았단다. 그자는 그림자 아래 몸을 감춘 채 어떤 강한 힘이 그를 산 자들의 세상으로 되돌려 놓을 날을 차분히 기다리고 있었던 거야. 그리고 세상에 약속만큼 강한 힘은 없는 법이고……."

11

노인이 이야기를 마칠 무렵, 막스의 시계는 오후 5시 조금 전을 가리키고 있었다. 밖에서는 만 위로 가랑비가 떨어졌고, 바다에서 불어오는 바람이 등대 집 창문을 끊임없이 흔들어대고 있었다.

"폭풍우가 불어닥칠 거예요." 롤랑이 납빛으로 물든 수평선을 바라보며 말했다.

"막스! 이제 가야겠어. 곧 아버지가 전화하실 거야." 알리시아가 말했다.

막스는 마지못해 고개를 끄덕였다. 빅터 크레이의 말들을 조목조목 분석해 난해한 퍼즐 조각들을 끼워 맞춰야 했던 것이다. 옛 기억을 더듬느라 지쳐버렸는지 노인은 멍한 표정으로 팔걸이의자에 앉아 허공만 응시하고 있었다.

"막스……!" 알리시아가 재촉했다.

막스가 자리에서 일어나 말없이 노인에게 고개 숙여 인사를 보냈고, 노인도 살짝 고개를 끄덕여 화답했다. 롤랑은 잠시 노인을 지켜보다가 친구들과 함께 바깥으로 나왔다.

"어떻게 생각해?" 막스가 물었다.

"난 어떻게 생각해야 할지 도무지 모르겠어." 알리시아가 어깨를 으쓱하며 대답했다.

"롤랑네 할아버지가 해주신 이야기를 못 믿겠다는 거야?" 막스가 물었다.

"선뜻 믿기는 힘든 이야기잖아." 알리시아가 대답했다. "뭔가 다른 설명이 뒷받침되어야 한다고 봐."

막스가 이번에는 네가 말해보라는 듯 롤랑을 쳐다보았다.

"너도 네 할아버지를 못 믿는 거야, 롤랑?"

"솔직히 말하자면……." 롤랑이 말했다. "나도 잘 모르겠어. 자, 그만 가자. 폭풍우가 몰려오기 전에 데려다줄게."

알리시아가 롤랑의 자전거에 올라탔다. 아이들은 말없이 집으로 돌아가기 시작했다. 막스는 잠시 등대 집을 돌아보면서 자신이 그토록 믿고 싶은 그 무시무시한 이야기를 가슴에 품은 채 저 높은 등대 속에서 고독한 세월을 보내고 또 보내었을 노인을 떠올려보았다. 어느덧 차가운 빗방울이 얼굴을 적시자 막스도 자전거에 올라타고 언덕길을 달려 내려가기 시작했다.

케인과 빅터 크레이의 이야기는 만을 싸고도는 해안 도로를 달려가는 내내 막스의 머릿속을 떠나지 않았다. 비를 맞으며 자전거를 달리면서 막스는 나름대로 가능한 방식으로 사건의 이모저모를 꿰맞춰보았다. 믿기는 힘들지만 노인이 해준 이야기가 모두 사실이라면 상황은 불을 보듯 뻔했다. 오랜 세월 동안 숨죽이고 있던 강력한 힘을 가진 마법사가 서서히 기지개를 펴기 시작한 것이었다. 그리고 같은 맥락에서 보자면, 어린 제이콥 플레이슈만의 죽음은 그의 귀환을 알리는 첫 번째 신호인 셈이었다. 그러나 등대지기 할아버지가 오랜 시간을 덮어두었던 그 이야기 속에는 막스의 머리로는 도저히 밝혀내기 힘든, 여전히 감춰진 뭔가가 있는 게 분명했다.

번개가 진홍빛으로 하늘을 가르자 한층 세차진 바람이 막스의 얼굴에 굵은 빗방울을 뿌려대기 시작했다. 아직 두 다리가 아침의 마라톤 후유증에서 미처 회복되지 못한 상태였지만, 막스는 최대한 힘껏 페달을 밟았다. 아직도 해변의 집까지는 2킬로미터 정도가 남아 있었다.

막스는 아무리 생각해도 노인이 해준 이야기를 그대로 받아들일 수도, 또 노인이 사실을 모두 다 털어놓았다고 생각할 수도 없었다. 조각 정원에서 본 괴기스러운 존재들과 이 마을로 이사 온 뒤 불과 며칠 사이에 겪게 된 사건들은 하나같이 뭔가 기괴한 일이 벌어지기 시작했음을 보여주고 있었다. 하지만 바야흐로 이제부터 일어나려는 일이 과연 무엇인지는 아무도 예측할 수 없었다. 현재 그는 롤랑과 알리시아 누나 — 물론 알리시아는 없어도 마찬가지였겠지만

— 그 두 사람과 함께 파헤친 덕에, 그리고 수수께끼의 핵심으로 직접 안내해주는 유일한 실마리인 제이콥 플레이슈만의 필름을 통해 어느 정도 진실에 다가가고 있었다. 하지만 노인이 들려준 이야기를 생각하고 또 생각해볼수록 막스의 확신은 점점 더 굳어갈 뿐이었다. 빅터 크레이는 모든 진실을 털어놓지 않은 것이다. 아니 아직도 훨씬 많은 것을 감추고 있었다.

*   *   *

막스가 비에 흠뻑 젖은 채 차고에 자전거를 넣어두고 폭우를 피해 뛰어와 보니 알리시아와 롤랑이 해변의 집 현관 앞에서 그를 기다리고 있었다.

"이번 주 들어 벌써 두 번째네." 막스가 웃으며 말했다. "완전 쫄딱 젖었어. 설마 이 비를 뚫고 돌아가려는 건 아니지, 롤랑?"

"아무래도 가야 할 것 같아." 롤랑이 무섭게 쏟아지는 폭우를 쳐다보며 대답했다. "할아버지 혼자 계시는 게 마음에 걸려서."

"그럼 우비라도 입고 가. 잘못하면 폐렴 걸리겠어." 알리시아가 말했다.

"아니, 괜찮아. 익숙해져 있는걸 뭐. 더구나 여름비라 곧 그칠 거야."

"경험자 말씀인데 어련하시겠어?" 막스가 농담을 했다.

"당연하지." 롤랑이 받아 넘겼다.

세 친구가 말없이 눈치를 보기 시작했다.

"오늘은 그 이야기 그만하는 게 좋겠어." 알리시아가 제안했다. "일단 한숨 푹 자고 나서 머리가 맑아지면 생각도 더 잘될 거야. 다들 그렇다고 하잖아?"

"오늘 같은 날 어떻게 잠을 자? 더구나 그런 이야기를 듣고 나서?" 막스가 투덜거렸다.

"누나 말이 맞아." 롤랑이 말했다.

"아부 떨기는!" 막스가 핀잔을 주었다.

"그건 그렇고, 나 내일 잠수하러 갈 생각이야. 어느 분이 어제 분실하신 육분의도 찾아야 하고 해서……." 롤랑이 빈정댔다.

막스는 오르페우스호로 다시 잠수하러 간다니, 이게 무슨 말도 안 되는 소리냐고 다그치려는데 알리시아가 선수를 쳤다.

"우리도 갈게." 그녀가 말했다.

막스는 직감적으로 '우리'라는 표현은 순전히 예의상 한 말이라는 걸 알아차릴 수 있었다.

"그럼 내일 봐." 알리시아를 쳐다보는 롤랑의 두 눈이 샛별처럼 반짝였다.

"난 안 갈 거야." 막스가 조그맣게 말했다.

"내일 보자, 막스." 롤랑이 벌써 자전거를 출발시키며 소리쳤다.

남매는 폭풍우 속으로 멀어져가는 롤랑의 모습이 해안 도로로 완전히 사라져버릴 때까지 현관 앞을 지켰다.

"일단 젖은 옷부터 갈아입어야겠다, 막스. 옷 갈아입는 동안 내가 저녁 준비할게." 알리시아가 말했다.

"누나가?" 막스가 투덜거렸다. "요리도 할 줄 모르면서."

"제가 언제 요리 해드린다고 했어요, 도련님? 여긴 호텔이 아니거든요." 알리시아가 장난꾸러기 같은 미소를 지으며 말했다.

막스는 일단 누나 말을 듣기로 하고 집으로 들어갔다. 이리나와 부모님이 안 계신 집으로 들어가니 이사 온 첫날부터 그랬지만 꼭 남의 집에 무단 침입하는 느낌이었다. 2층 침실로 난 계단을 올라가는데 며칠 전부터 이리나의 밉상인 고양이가 안 보인다는 생각이 스쳐 지났다. 하지만 전혀 서운한 생각은 들지 않았고, 생각이 문득 떠올랐던 것처럼 그렇게 곧 잊어버리고 말았다.

* * *

알리시아는 말 그대로 일분일초의 시간도 낭비하지 않고 꼭 필요한 일들만 착착 해치웠다. 일단 잡곡빵 몇 조각에 버터와 잼을 바르고, 우유 두 잔을 준비했다.

막스가 내려와 저녁상을 흘낏 훑어보았다. 알리시아는 그의 얼굴 표정만 보고도 그가 무슨 말을 하려는지 대번에 짐작할 수가 있었다.

"아무 말 마라." 알리시아가 위협조로 말했다. "내가 요리하라는 역사적 사명을 띠고 이 땅에 태어난 것도 아니고."

"그런지 아닌지 알 게 뭐야?" 애초부터 별로 식욕이 없었던 막스가 대꾸했다.

남매는 말없이 앉아 식사를 하면서 전화벨이 울리기를 기다렸다. 병원에 계신 아버지에게서 전화가 오기로 되어 있었기 때문이다. 그러나 끝내 전화벨은 울리지 않았다.

"우리가 등대에서 돌아오기 전에 전화하셨는지도 몰라." 막스가 말했다.

"그랬나 봐." 알리시아도 중얼거렸다.

막스는 누나의 얼굴에 떠오른 걱정스러운 표정을 보았다.

"무슨 일이 있으면 다시 전화하시겠지." 막스가 주장했다.

알리시아가 엷은 미소를 지어 보였다. 그녀는 동생 막스가 신통하게도 뚜렷한 이유 없이 주변 사람들을 기운 나게 만드는 특별한 능력을 가지고 있다고 생각했다.

"네 말이 맞다." 알리시아가 대답했다. "그럼 난 좀 잘게. 넌?"

막스가 우유잔을 집어 들고 주방을 가리키며 말했다.

"나도 곧 올라갈게. 뭐 좀 더 먹고. 배고파 죽겠어." 막스가 거짓말을 했다.

알리시아의 방문이 닫히는 소리가 나자마자 막스는 우유잔을 내려놓고 차고로 뛰어나가 제이콥 플레이슈만이 찍어놓은 나머지 필름들을 챙겨왔다.

* * *

막스가 영사기 스위치를 켜자 벽면 가득히 하얀 빛이 쏟아지더니 온갖 기호들로 이루어진 희미한 영상들이 나타나기 시작했다. 그리고 천천히 초점을 맞추어가면서 보니, 그 기호들은 다름 아닌 원형으로 배치된 숫자들, 즉 시계판이었다. 시계 바늘은 움직이지 않고 고정되어 있었고, 시계판 위에 드리워진 바늘 그림자는 정확하게 바늘과 일직선 상에서 겹치고 있었다. 마치 정오의 태양이나, 혹은 찬란한 빛을 쏟아내는 광원이 정면에서 빛을 쏘아대고 있는 것 같은 생각이 들었다. 그렇게 잠시 고정된 시계 바늘을 비추던 필름의 돌아가는 속도가 조금씩 빨라지는가 싶더니 갑자기 화면의 시계 바늘이 반대 방향으로 돌아가기 시작했다. 카메라가 몇 걸음 뒤로 이동하자 화면에는 체인에 매달린 시계 모습이 통째로 들어왔고, 또다시 1미터 반쯤 뒤로 물러서니 그 체인을 들고 있는 하얀 손이 보였다. 조각의 손이었다.

막스는 그 순간 조각 정원의 모습이 며칠 전 제이콥 플레이슈만의 첫 번째 필름에서 보았던 것과 또 달라져 있음을 발견했다. 조각상의 위치가 막스가 기억하고 있는 것과 상이했던 것이다. 카메라가 다시 움직이기 시작하더니 첫 번째 필름에서도 그랬듯이 계속해서 조각상들 사이를 지나기 시작했다. 그리고 매 2미터마다 잠시 멈춰 서 조각상의 얼굴을 비췄다. 막스는 칠흑같이 어두운 오르페우스호의 배 밑창에서 얼음처럼 차가운 바닷물에 잠겨 죽어갔을 괴기스러운 서커스 단원 조각상들의 굳은 얼굴을 하나하나 유심히 살폈다.

마침내 카메라가 육각별의 한가운데 놓인 피에로상 앞으로 다가

갔다. 닥터 케인이자, 안개의 왕자였다. 그리고 그 옆, 피에로상 발치에서 막스는 허공을 향해 앞 발톱을 치켜세우고 있는 고양이상을 발견했다. 지난번 조각 정원에서는 고양이 조각을 본 기억이 없었다. 막스는 필름 속 고양이 조각이 이 마을에 처음 오던 날 기차역에서 만난 이리나의 고양이와 흡사하게 생긴 게 절대로 우연의 일치일 리 없다는 생각을 하게 되었다. 그는 빗방울이 유리창에 부딪치는 소리와 멀리서 다가오는 폭풍우 소리를 들으며 영상들을 지켜보다가 오후에 등대지기 노인에게 들은 이야기가 전혀 근거없는 소리는 아니라는 믿음이 생겼다. 저 무시무시한 조각상들이 존재한다는 것만으로도 모든 의문의 여지가 사라질 수밖에 없었던 것이다.

카메라는 피에로의 얼굴 50센티미터 앞까지 다가가 잠시 멈추었다. 막스가 영사기에 걸린 필름을 흘낏 쳐다보니 거의 다 돌아가 50센티미터 정도만 남은 게 보였다. 그런데 바로 그 순간, 화면 위에서 뭔가 움직임이 느껴졌다. 피에로의 얼굴이 거의 감지하기 힘들 정도로 미세하게 움직였던 것이다. 막스가 벌떡 일어나 화면이 투영되고 있는 벽 앞으로 바싹 다가갔다. 피에로상의 동공이 커다랗게 확장되더니 입술 끝이 천천히 올라갔다. 늑대의 이처럼 날카롭고 기다란 이가 그대로 드러나는 잔혹한 미소가 떠오른 것이었다. 막스는 순간 명치를 한 방 얻어맞은 느낌이었다.

잠시 후, 벽면에서 영상이 사라지는가 싶더니 빈 영사기가 돌아가는 소리가 들렸다. 필름이 다 돌아간 것이었다.

막스는 영사기 스위치를 끄고 심호흡을 했다. 그는 이제 빅터 크레이의 말을 확실히 믿게 되었다. 하지만 기분은 전혀 나아지지 않았다. 아니, 오히려 그 반대였다. 막스는 2층으로 올라가 등 뒤로 방문을 닫았다. 창밖을 내다보니 저 멀리로 조각 정원의 윤곽이 어렴풋이 드러났다. 그리고 곧이어 그 모습은 희뿌옇게 밀려오는 짙은 안개 속으로 자취를 감춰버리고 말았다.

그러나 그날 밤, 너울거리는 어둠은 숲에서 비롯된 게 아니라 그의 내면에서 비롯되고 있었다.

잠시 후, 막스는 머릿속에서 피에로의 영상을 지워버리고 어떻게든 잠을 이루려 애를 썼다. 그는 안개가 미소 띤 얼굴로 귀환의 순간을 기다리는 닥터 케인의 차가운 입김일 거라는 상상 속으로 빠져들고 있었다.

12

다음 날 아침, 막스는 머릿속에 온통 젤라틴이 가득 들어찬 느낌을 받으며 잠에서 깨어났다. 창밖을 보니 오늘은 화창한 하루가 전개될 모양이었다. 그는 기지개를 켜며 일어나 협탁 위에 놓아두었던 회중시계를 들여다보았다. 처음에는 시계가 고장 난 줄 알았다. 그래서 귀에 대보니 시계는 재깍재깍 소리를 내며 잘도 가고 있었다. 그제야 생각을 달리 하게 되었다. 벌써 정오가 되었던 것이다.

침대에서 솟구치듯 튕겨 일어난 막스는 얼른 아래층으로 뛰어 내려갔다. 식탁 위에 쪽지가 놓여 있었다. 얼른 들고 읽어보니 누나가 쓴 것이었다.

안녕? 잠자는 숲속의 왕자님!

네가 이 쪽지를 읽고 있을 때쯤이면 난 롤랑하고 해변에 있을 거야. 네 자전거 내가 타고 가. 괜찮지? 어젯밤에 열심히 '영화' 보는 것 같기에 도저히 못 깨우겠더라. 아버지가 아침 일찍 전화하셨는데, 언제쯤 집으로 돌아올지 아직은 모르시겠대. 이리나 상태는 여전한데, 의사 선생님들 말씀으로는 며칠 있으면 깨어날 것 같다고 하셨대. 아버지께 우리 걱정은 마시라고 말씀드렸어(그래도 걱정하시겠지만).

아 참, 먹을 게 하나도 없네.

우린 해변에 있을게. 잘 자!

- 알리시아

막스는 누나가 쓴 메시지를 다시 한 번 읽어본 뒤 식탁 위에 도로 내려놓았다. 그리고 얼른 뛰어 올라가 재빨리 세수를 했다. 그는 수영복을 입고 그 위에 파란색 셔츠를 걸친 뒤 창고로 가서 남은 자전거를 꺼내왔다. 해안 도로로 막 들어설 무렵, 이미 그의 배 속에서는 제발 먹을 걸 달라는 아우성이 빗발치고 있었다. 막스는 마을에 도착하자 시청 앞 광장 쪽으로 방향을 틀었다. 식당을 50미터나 앞둔 곳에서부터 맛있는 냄새가 코를 찔렀고, 뱃속에서는 꼬르륵 소리가 합창으로 들려왔다. 식당으로 먼저 오기를 아주 잘한 것 같았다. 막스는 머핀을 세 개나 먹어치우고 디저트로 초콜릿도 두 개나 먹고 나서야 뿌듯한 미소를 지으며 다시 해안 도로를 달리기 시작했다.

*　　*　　*

알리시아의 자전거가 롤랑의 통나무집이 있는 해변으로 난 길가에 세워져 있었다. 막스는 누나의 자전거 옆에 자신이 타고 온 자전거를 세워두면서 마을에 도둑은 별로 없어 보이지만 그래도 자전거용 자물쇠를 몇 개 사야겠다고 생각했다. 그리고 잠시 발을 멈춘 후 저 멀리 절벽 위의 등대를 한번 올려다본 뒤 해변으로 발길을 옮기기 시작했다. 그런데 만으로 이어지는 잡풀이 우거진 오솔길을 벗어나기 직전, 막스는 발걸음을 멈추고 말았다.

지난번에 막스도 갔었던, 20미터쯤 앞 해변의 파도와 모래톱이 만나는 언저리에 알리시아가 누워 있는 모습이 보였다. 그리고 그 옆에서는 롤랑이 한 손으로 그녀의 허리를 감싼 채 허리를 굽혀 그녀의 입술에 키스하고 있었다. 막스는 그들의 눈에 띄지 않았기를 바라면서 얼른 한 걸음 뒤로 물러서 풀숲 아래로 몸을 숨겼다. 그리고 거기서 잠시 동안 꼼짝하지 않고 쪼그리고 앉아 생각했다. 이럴 땐 어떻게 해야 하나? 아무것도 모르는 척 해맑은 웃음을 지으며 안녕?이라고 인사하며 등장해야 하나? 아니면 돌아가서 혼자 산책이나 해야 하나?

막스는 원래 타고난 스파이는 아니었지만, 그래도 풀숲을 헤치고 누나와 롤랑의 모습을 다시 한 번 훔쳐보고 싶은 호기심을 억누를 수 없었다. 누나의 웃음소리가 들려왔고, 롤랑이 떨리는 손으로 조심스럽게 알리시아의 몸을 쓰다듬고 있었다. 롤랑의 손끝이 떨리는 것으로 보아 이런 과감한 시도가 생전 처음이거나 많아봐야 두 번째가 아닐까 싶었다. 순간, 알리시아는 과연 이번이 처음일까 하는 의문이 생겼다. 그리고 놀랍게도 막스는 자신이 이 난해한 질문에 아무런 대답도 할 수 없음을 알았다. 태어나서 여태까지 한 지붕 아래서 살아왔지만 그는 누나 알리시아에 대해 아는 것이 아무것도 없었던 것이다.

저렇게 백사장에 누워 롤랑과 키스를 나누는 누나의 모습은 막스에게는 무척이나 당혹스럽고 예상치 못했던 모습이었다. 물론 처음부터 롤랑과 누나 사이에 일종의 전류 같은 게 흐른다는 건 감지했지만 그저 머릿속에서 그려보는 것과 실제 제 눈으로 확인하는 것 사이에는 큰 차이가 있었다. 막스는 다시 한 번 풀숲 사이로 해변을 훔쳐보다가 퍼뜩 자신이 그곳에 있을 권리가 없다는, 지금 이 순간은 오로지 누나와 롤랑만의 시간이어야 한다는 생각이 들었다. 그래서 조용히 오던 길을 되돌아가 해변을 뒤로 하고 자전거 페달을 밟았다.

그러면서 혹시 자신이 질투를 하고 있는 건 아닌가 자문해보았다. 하지만 자신이 이러는 건 세월이 흘렀음에도 불구하고 누나를 여전히 덩치만 큰 어린애로 생각해왔기 때문이라는 생각이 들었다. 누나에게도 비밀이 있을 수 있다는, 그리고 다른 누군가와 키스를 나눌 수 있다는 생각은 미처 하지 못했던 것이다. 막스는 자신의 순진함에 잠시 웃음이 터졌다. 그리고 조금 전에 보았던 장면을 떠올리며 점차 기분이 좋아지는 걸 느꼈다. 앞으로 무슨 일이 어떻게 진행될지, 그리고 이 여름이 지날 무렵에 자신은 또 어찌 변할지 예단할 수는 없었지만, 막스는 지금 이 순간 누나가 행복해하고 있다는 건 확신할 수 있었다. 그 단 하나의 생각이 지난 몇 년 동안 그가 누나에 대해 할 수 있었던 그 어떤 말들보다 중요하고 확실한 사실이었다.

막스는 다시 페달을 밟아 마을로 간 뒤 시립도서관 건물 앞에 멈춰 섰다. 도서관 입구에는 낡은 게시판이 있었고, 그 속에는 도서관 이용시간 안내표를 비롯해 기타 공람 문서, 몇 킬로미터 떨어진 시내의 유일한 극장에서 매달 번갈아가면서 틀어주는 영화 일정표, 시내 지도 등이 붙어 있었다. 막스는 지도를 뚫어지게 쳐다보면서 자세히 그 내용을 익혔다. 마을의 전반적인 구도는 막스가 머릿속에 그려왔던 것에서 그리 크게 벗어나지 않았다.

지도에는 항구는 물론 시내 중심가, 카버 가家가 있는 북쪽 해안, 오르페우스 만, 등대, 역 부근 운동장, 시립 공동묘지까지 상세하게 나와 있었다. 문득 뭔가가 막스의 머릿속을 스치고 지나갔다. 시립 공동묘지! 왜 지금까지 그 생각을 못했을까? 얼른 시계를 보니 오후 2시 10분이었다. 재빨리 자전거에 올라탄 막스는 마을 한가운데를 가로지르는 대로를 따라 제이콥 플레이슈만의 무덤이 있는 자그마한 공동묘지로 향했다.

*　　*　　*

입구에서부터 나란히 사이프러스 나무가 심어져 있는 길 끝에
자리 잡은 시립 공동묘지는 전형적인 정방형의 묘지였다. 묘지에
특별한 구석이라고는 하나도 없어 보였다. 묘지를 둘러싼 돌담은
많이 낡아 보였고, 전반적인 모습도 장례식이 거행되는 날을 제외
하고는 1년에 고작 하루 이틀, 특별한 날에만 사람들이 들락거리곤
하는 전형적인 작은 시골마을의 묘지 그대로였다. 격자로 된 출입
문은 열려 있었고, 문에 매달린 녹슨 철판 위에는 안내 문구가 적
혀 있었다. 하절기에는 9시에서 5시, 동절기에는 8시에서 4시까지
출입이 가능하다는 내용이었다. 관리인이 있는지 모르겠지만 막스
의 눈에는 띄지 않았다.

오는 길에 막스는 묘지라는 곳이 괴기스럽고 무서운 곳일 거라고
상상 했는데, 막상 초여름의 햇살이 찬란하게 내리쬐는 묘지에 와
보니 그저 조용하고 좀 슬픈 느낌을 풍기는 작은 수도원 같다는 느
낌이 들었다.

막스는 자전거를 돌담 외벽에 기대놓은 뒤 경내로 들어섰다. 묘
역 가운데 쪽에는 오래된 것으로 보이는 소박한 묘들이 있었고, 그
주위로 상대적으로 쓴 지 얼마 되지 않아 보이는 산소들이 자리 잡
고 있었다.

막스는 플레이슈만 부부가 어린 아들 제이콥 플레이슈만의 묘를
가급적 이 동네에서 먼 곳에 마련하고 싶어 했을 가능성에 대해서

도 생각해보았다. 하지만, 직감적으로 닥터 플레이슈만은 아들을 그가 태어나고 자랐던 이곳에 묻어주었을 것이라는 쪽으로 생각을 굳혔다. 그렇게 30분가량 찾아다니던 끝에 막스는 마침내 공동묘지 한쪽 끝, 오래된 사이프러스 나무 두 그루가 그늘을 이루고 있는 곳 아래서 제이콥의 묘를 발견했다. 세월이 지나고 빗물에 씻겨 마치 버려져서 잊힌 듯한 느낌을 주는 아담한 석묘였다. 거무스름한 빛이 도는 흙먼지 때를 뒤집어 쓴 화강암으로 된, 좁다란 움집 형태의 석묘 입구에는 철제 문설주가 지탱하는 철문이 달려 있었다. 또 문설주 양옆으로는 안타까운 눈빛으로 하늘을 올려다보는 천사상이 있었다. 녹슨 철문의 가로대에는 언제부터 걸려 있었는지 모를 말라비틀어진 꽃 리스가 걸려 있었다.

막스는 오랫동안 묘에 찾아오는 이 하나 없이 여전히 고통과 슬픔의 메아리만 남아 있는 것 같은데도 이상하게 분위기는 생기 넘치는 것 같은 느낌을 받았다. 막스는 좁다란 돌길을 따라 묘 입구까지 와선 문턱 앞에서 잠시 발걸음을 멈추었다. 문이 반쯤 열려 있는 틈 사이로 오래도록 환기되지 않은 듯 퀴퀴한 냄새가 풍겨왔다. 주변은 오로지 정적만이 흐르고 있었다. 막스는 마지막으로 문설주 양옆에 서서 제이콥 플레이슈만의 묘지를 수호하고 있는 천사상을 한번 올려다 본 후 곧장 안으로 들어섰다. 조금만 더 그렇게 서 있다가는 걸음아 날 살려라 하고 도망치고 싶어질 것 같았기 때문이었다.

묘지 내부는 어두컴컴했지만, '제이콥 플레이슈만'이라는 이름이

음각으로 새겨진 비석 발치에 떨어져 있는 마른 꽃잎들은 알아볼 수 있었다. 그런데 다른 뭔가가 막스의 눈에 띄었다. 소년의 유해가 있는 제단석 위 제이콥이라는 이름 아래 원형 테두리가 둘러쳐진 육각별 문양이 새겨져 있었던 것이다.

막스는 개미가 등줄기를 타고 기어오르는 듯한 불쾌감에 휩싸이면서 도대체 왜 혼자 이런 데까지 찾아온 걸까 처음으로 후회를 했다. 등 뒤에서 비추던 햇살이 서서히 약해지며 창백하게 변해가고 있었다. 그는 갑자기 이곳을 둘러보느라 정신이 빠져 시간을 놓친 탓에 관리인이 문을 잠가버린 건 아닌가, 그래서 혼자 묘지에 갇히게 되면 어쩌나 하는 엉뚱한 걱정이 들었다. 막스는 주머니에서 회중시계를 꺼내보았다. 시계 바늘은 오후 3시를 막 지나고 있었다. 막스는 안도의 한숨을 내쉬었다. 다소 안심이 된 것이다.

마지막으로 묘지 안을 한 번 더 둘러보면서 닥터 케인과 관련된 이야기에 또 다른 단서가 되어줄 것이 하나도 없음을 확인한 막스는 그만 나갈 준비를 했다. 그런데 바로 그때, 묘지 안에 자기 말고 또 다른 누군가가 있음을 알게 되었다. 지붕 바로 밑에서 시커먼 그림자 하나가 마치 한 마리 벌레처럼 스멀스멀 다가오고 있었던 것이다. 막스는 손 안에 식은땀이 흐르면서 들고 있던 회중시계를 바닥으로 떨어뜨렸다. 눈을 들어보니, 아까 묘지 입구에서 보았던 천사상 중 하나가 천장에 거꾸로 매달려 걷고 있는 모습이 보였다. 그 천사상은 걸음을 멈추더니 비열한 미소를 지으면서 막스를 향해 뾰족한 검지를 뻗었다. 천사의 얼굴은 아주 천천히 닥터 케인의 또 다른 가면인 낯익은 피에로의 얼굴로 변해갔다. 막스는 출구를 향해 달려가 이곳을 벗어나고 싶었지만 두 다리는 꼼짝도 하지 않았다. 잠시 후, 그 형상은 어둠 속으로 사라져버렸고, 막스는 그러고도 한 5초 동안 미동도 못하고 서 있었다.

겨우 숨이 돌아오자 그는 뒤 한번 돌아보지 않고 달려 출구를 빠져나간 후 자전거에 올라타 100미터쯤을 정신없이 달렸다. 쉬지 않고 페달을 밟는 동안 천천히 정신을 수습할 수 있었다. 막스는 자신이 함정에 걸려들었다는 걸, 공포심이 빚어내는 가증스러운 술책에 말려들었다는 걸 깨달았다. 하지만 당장 잃어버린 시계를 찾으러 갈 마음은 들지 않았다. 마음의 평정을 되찾은 막스는 다시 만으로 갔다. 그러나 알리시아와 롤랑을 찾아가지 않고 곧장 등대지기 노인을 찾아갔다. 물어볼 것이 있었던 것이다.

*　*　*

노인은 묘지에서 있었던 일을 귀 기울여 듣더니, 이야기가 끝나자 크게 고개를 끄덕이며 막스에게 옆자리에 앉을 것을 권했다.

"솔직히 말씀드려도 될까요?" 막스가 물었다.

"그러렴." 노인이 대답했다. "어서 말해봐."

"제가 보기에는 어제 할아버지께서 모든 사실을 다 말씀해주시지 않은 것 같아요. 왜냐고는 묻지 마세요. 그냥 느낌이니까요." 막스가 말했다.

노인의 표정에는 아무런 변화도 없었다.

"또 더 할 말 있니, 막스?" 빅터 크레이가 물었다.

"제 생각에는 그 닥터 케인인지 뭔지 하는 사람이 무슨 일을 벌일 것 같아요. 그것도 조만간에요." 막스가 말했다. "최근에 있었던 일련의 사건들은 다 앞으로 일어날 일을 예고하는 전조일 뿐이고요."

"앞으로 일어날 일이라……." 노인이 막스가 한 표현을 되풀이했다. "재미난 표현이구나, 막스."

"미스터 크레이!" 막스가 말했다. "저는 조금 전에 무서워 죽는 줄 알았어요. 그리고 불과 며칠 사이에 온갖 기이한 일들이 일어났고요. 분명 우리 가족과 할아버지, 롤랑, 그리고 저 역시 위험해질 거예요. 그리고 이제 진짜 미스터리한 일들이 벌어질 거고요."

"네가 정말 맘에 드는구나. 단호하고 단도직입적인 게." 빅터 크레이가 공연히 혼자 웃어댔다. "이봐라, 막스! 내가 어제 들려준 닥터 케인 이야기는 재미있으라고 한 것도 아니고, 옛날 일을 추억하자고 한 것도 아니야. 내가 그 이야기를 한 것은 앞으로 어떤 일이 벌어지게 될 테니 조심하라는 의미에서 한 거야. 너는 지금 여러 날을 걱정스럽게 보냈는지 모르지만, 나는 이 등대에서 장장 25년을 오로지 그 괴물을 감시하겠다는 일념으로 보냈어. 그게 내 삶의 유일한 목적이니까. 나도 솔직하게 얘기하마, 막스. 새로 이사 온 어린애 탐정놀이에 내 25년 세월을 날려버리고 싶지 않구나. 차라리 너희들에게 아무 말 않는 게 나았을 뻔했어. 네가 할 수 있는 최선책은 내가 했던 이야기를 깨끗이 잊어버리고 그 조각들에서, 내 손자에게서 멀리 떨어져 나가는 거야."

막스는 뭐라고 항변이라도 해보고 싶었지만, 노인이 손을 들어 입도 뻥긋하지 못하게 막았다.

"내가 너희들이 알아도 될 것보다 더 많은 걸 이야기해버린 것 같다." 빅터 크레이가 말했다. "너무 파고들지 말거라, 막스. 제이콥 플레이슈만은 잊어버리고, 그 필름들도 오늘 당장 다 태워버려. 이게 내가 네게 해줄 수 있는 최상의 충고다. 자, 그럼 이제 나가주겠니?"

*　　*　　*

빅터 크레이는 막스가 자전거를 타고 경사진 언덕길을 내려가는 걸 지켜보았다. 어린아이에게 너무 모질고 심하게 대한 것 같았지만, 내심으로 그게 그가 할 수 있는 가장 신중한 행동이었다고 믿고 있었다. 저 아이는 워낙 영리한 아이라 속일 수가 없었다. 노인이 여전히 뭔가를 숨기고 있다는 걸 알아차린 것이다. 하지만 그가 숨기고 있는 비밀이 얼마나 엄청난 것인지는 아직 모르고 있었다. 사건들은 점점 빠른 속도로 터져가고 있었다. 그리고 25년의 세월이 흐른 지금, 닥터 케인의 귀환에 대한 두려움과 번민은 살날이 얼마 남지 않은, 너무나 약해져 이제는 겨우 숨만 붙어 있는 그에게 점차 현실로 다가오고 있었다.

빅터 크레이는 빈민촌의 어린 시절부터 등대 속에서 감옥 생활을 하고 있는 오늘에 이르기까지, 그 저주 받은 존재와 얽히고설킨 수많은 쓰디쓴 기억들을 머릿속에서 떨쳐버리고 싶었다. 안개의 왕자는 그에게서 어린 시절의 가장 친한 친구를 앗아갔고, 평생 사랑했던 유일한 여인을 앗아갔으며, 종국에는 그의 성년 시절 전체를 하나의 그림자로 만들어버리면서 그것을 통째로 앗아갔다. 등대를 지키면서 보낸 헤아릴 수 없는 수많은 밤들 동안, 그는 운명이 괴력의 마법사와 자신을 만나게 하지 않았더라면 그의 인생은 과연 어땠을까 생각하곤 했다. 그리고 이제 남은 여생 동안은 결코 살아보지 못했던 삶의 판타지를 추억하게 되리라는 걸 잘 알고 있다.

이제 그에게 남은 유일한 희망은 롤랑, 그리고 롤랑에게만은 그 끔찍한 악몽에서 벗어난 아름다운 미래를 선사하고야 말겠다고 스스로와 했던 약속뿐이었다. 이제 그에게는 살 시간도 얼마 남지 않았고, 예전 같은 힘이 남아 있지도 않았다. 이제 이틀 후면 오르페우스호가 저 바닷속으로 난파해 가라앉은 지 꼭 25년이 된다. 그리고 빅터 크레이는 그 긴긴 시간 동안 케인이 차곡차곡 힘을 축적해 더 큰 힘을 키워왔음을 느끼고 있었다.

노인은 창가로 다가가 푸른 바닷속에 시커먼 그림자를 드리우며 누워 있는 오르페우스호를 내려다보았다. 이제 몇 시간 후면 해가 떨어지고 그가 등대에서 보내게 될 마지막 밤이 내릴 것이다.

* * *

막스가 해변의 집으로 들어가보니 아침에 식탁 위에 놓아두고

간 알리시아의 쪽지가 여전히 그 자리에 놓여 있었다. 그렇다면 알리시아는 아직도 롤랑과 함께 해변에 있다는 이야기였다. 텅 빈 집 안의 쓸쓸한 기운이 그를 더욱 허전하게 했다. 아직도 조금 전에 들었던 노인의 말이 귓전에 맴돌고 있었다. 노인의 말이 그에게 상처가 되기는 했지만 전혀 원망스럽지는 않았다. 노인이 뭔가를 감추고 있다는 건 확실했지만, 그가 그러는 데에는 피치 못할 사연이 있다는 확신이 들었기 때문이다. 막스는 방으로 올라가 침대에 누워 앞으로 다가올 그 엄청난 일이 무엇일까 생각해보았다. 수수께끼의 퍼즐 조각들이 눈앞에 다 놓여 있는 것 같은데, 도무지 그것들을 끼워 맞출 수가 없는 느낌이었다.

어쩌면 빅터 크레이의 충고대로 이 모든 일들을 깨끗이 잊어버리는 게 상책인지도 몰랐다. 최소한 몇 시간 동안이라도 말이다. 막스는 협탁을 쳐다보았다. 코페르니쿠스 책이 며칠 전에 놓아둔 그대로, 마치 그를 둘러싼 온갖 수수께끼를 풀어줄 해결의 열쇠라도 되는 듯 그 자리에 놓여 있었다. 그는 지난번에 읽던 페이지를 펴고 태양계 행성들의 회전 방향에 대해 논하고 있는 책 내용에 집중했다. 어쩌면 코페르니쿠스의 도움으로 미스터리의 장애물을 깨끗이 해결하게 될지도 모를 일이었다. 하지만 아무리 다시 생각해봐도 코페르니쿠스는 때를 잘못 맞춰 지구별에 등장한 것 같았다. 무한한 우주 속에는 인간의 지식으로는 도저히 풀어낼 수 없는 온갖 일들이 산재하기 때문이다.

13

몇 시간 뒤, 막스가 이미 저녁 식사까지 끝내고 책도 거의 다 읽어 열 페이지 정도만 남았을 때, 창밖 앞마당에서 자전거 소리가 들려왔다. 롤랑과 알리시아는 집 앞 현관에 앉아 또 한 시간 정도를 도란도란 속삭였다. 자정이 다 되자 막스는 책을 덮고 불을 껐다. 마침내 롤랑의 자전거가 해안 도로로 멀어져가는 소리가 들리는가 싶더니 알리시아가 천천히 계단을 올라왔다. 누나의 발걸음이 잠시 막스의 방문 앞에서 멈추는가 싶더니 이내 자기 방으로 향했다. 잠시 후, 누나가 침대에 걸터앉아 신발을 바닥에 내려놓는 소리가 들렸다. 막스는 아침에 해변에서 롤랑과 누나가 키스를 나누던 장면을 떠올리면서 어둠 속에서 미소 지었다. 그리고 누나는 오늘 밤 자기보다 더 쉽게 잠을 이루지 못하리라고 생각했다.

*　*　*

이튿날 아침, 막스는 새벽같이 일어나 동이 막 트기 시작할 무렵 자전거를 타고 마을 시장으로 향했다. 맛있는 음식을 사와 더 이상 알리시아 누나가 아침상을 차리는 일만은 피하고 싶었다. (또 잼과 버터 바른 토스트에 우유……) 이른 아침의 정적 속에 파묻힌 마을의 전경은 도시의 일요일 아침을 떠오르게 했다. 어렴풋이 문이 열린 주택들도 아직 잠들어 있고, 꿈결인 듯 아련한 골목길에는 말없이 지나가는 행인들만 몇 명 눈에 띄었다.

저만치 항구로 들어가는 진입로 지나 바다에는 마을 선단 소속의 어선들이 해질녘의 귀환을 약속하며 바다로 바다로 출항하고 있었다. 빵가게 주인과 알리시아 누나보다 세 살쯤 더 되어 보이는 통통한 빵가게 딸이 막스에게 인사를 하고 갓 구운 빵을 싸주며 이리나의 상태를 물었다. 소문이 어지간히 빠른 모양이었다. 아마도 이 마을 의사 선생이 왕진을 다니며 환자들 체온만 재는 건 아닌 것 같았다.

막스가 부지런히 해변의 집으로 돌아왔을 때까지도 빵은 아직 따끈따끈했고 맛 좋은 냄새를 폴폴 풍기고 있었다. 시계가 없어서 정확한 시간은 알 수 없었지만, 대략 8시가 조금 안 된 시간일 것 같았다. 막스는 알리시아 누나가 아침 식사를 하러 내려올 때까지 기다릴 생각을 하니 좀 마땅치 않아 깜짝쇼를 해보기로 했다. 그래서 쟁반에 따끈한 빵을 올린 뒤 둥그런 오븐용 뚜껑을 덮고 우유 한 잔과 포크, 그리고 나이프까지 챙겨 알리시아의 방으로 올라갔다. 그리고 노크를 하자 누나가 잠이 덜 깬 목소리로 뭔지 알아듣지도 못할 말을 웅얼거렸다.

"룸서비습니다. 잠시 실례하겠습니다."

막스가 문을 열고 안으로 들어갔다. 알리시아는 베개 밑에 머리를 파묻고 있었다. 방을 한번 둘러보니 옷은 의자 등걸이에 걸려 있었고, 방 안 곳곳에 누나의 소지품이 어지러이 널려 있었다. 사실 여자들의 방은 어떤 모습일지 막스는 늘 환상을 가지고 있었던 것이다.

"다섯까지 세고 안 일어나면……." 막스가 말했다. "내가 다 먹어버릴 거야."

고소한 버터 냄새가 풍기자 베개 밑에서 누나의 얼굴이 쏘옥 튀어나왔다.

* * *

롤랑이 낡은 다리 부분을 잘라내어 수영복 대용으로 만든 반바지를 입은 채 해변에서 기다리고 있었다. 롤랑 옆에는 총 연장이 3미터 정도밖에 되지 않는 작은 배가 한 척 놓여 있었다. 언뜻 보아도 뜨거운 햇볕 아래 30년은 강행군했고, 그 덕분에 뱃전의 나무들은 파란색 페인트가 군데군데 남아 있을 뿐 전체적으로 거무스름하게 변해버린, 그야말로 낡아빠진 고물 배였다. 그렇지만 롤랑은 그런 배가 마치 호화 요트라도 되는 양 만족감을 드러냈다. 알리시아와 막스 남매가 해변을 향해 자갈밭을 걸어오는 동안, 막스의 눈에는 뱃머리에 '오르페우스 II'라고 쓰여진 글자가 보였다. 아직 페인트도 마르지 않은 것으로 보아 오늘 아침에 롤랑이 써넣은 게 틀림없었다.

"언제부터 선주가 되셨어요?" 고물 배를 가리키며 알리시아가 물었다. 롤랑이 이미 잠수 장비와 이상한 물건이 담긴 바구니를 두 개 실어놓아 곧 부서져 내릴 것 같은 배였다.

"세 시간 전부터. 마을의 어부 한 분이 이 배를 쪼개서 장작으로 쓰시려고 하기에 잘 말씀드려서 선물로 받아냈지." 롤랑이 말했다.

"이게 선물이라고?" 막스가 물었다. "이걸 처분해준 게 오히려 그분한테 큰 선물이었을 것 같은데?"

"그렇게 타기 싫으면 넌 여기 있든가." 롤랑이 놀려댔다. "자! 모두 승선!"

문제의 배에 '승선'이라는 표현은 정말 어울리지 않았지만, 15미터쯤 나아갔을 무렵 언제 가라앉을지 모르겠다고 생각했던 막스의 우려는 깨끗이 씻겨나가고 없었다. 정말로 그 배는 롤랑의 힘찬 노질에 맞춰 잘도 나아갔던 것이다.

"그리고 내가 작은 발명품도 하나 가져왔는데, 너희들이 보면 놀랄걸?" 롤랑이 말했다.

막스가 뚜껑이 덮인 바구니를 쳐다보다가 뚜껑 한 귀퉁이를 슬쩍 들어 올려보았다.

"이게 뭐야?" 막스가 중얼거렸다.

"잠망경." 롤랑이 대답했다. "사실 상자 바닥에 유리를 댄 건데, 그걸 물 위에 올려놓고 보면 물속에 들어가지 않고도 바닷속이 보여. 꼭 창문으로 보는 것처럼 말이야."

막스가 알리시아를 쳐다보았다.

"그럼 누나도 오늘은 뭣 좀 볼 수 있겠네." 막스가 은근히 놀려댔다.

"누가 여기 남아 있는대? 오늘은 내가 들어갈 차례야." 알리시아가 대답했다.

"누나가? 잠수도 할 줄 모르잖아?" 막스가 누나를 약 올리려고 일부러 큰소리쳤다.

"지난번에 네가 한 게 일명 '잠수'라면, 그래! 난 그딴 거 할 줄 몰라." 알리시아도 지지 않고 농담으로 받아넘겼다.

롤랑은 남매의 말싸움에는 끼어들지 않고 계속 노를 저어 해안에서 40미터쯤 떨어진 곳에서 멈춰섰다. 저 아래로 모래톱 위에 올라앉은 오르페우스호의 검은 그림자가 먹잇감을 기다리는 거대한 상어처럼 그렇게 누워 있었다.

롤랑이 바구니 하나에서 녹슨 닻을 꺼내 들었다. 매우 낡아 보이는 두꺼운 밧줄이 달린 닻이었다. 롤랑의 철저한 준비물들을 보면서 막스는 이 보잘것없는 배로 근사한 항해를 하기 위해 롤랑이 저 많은 항해 용품들을 준비하느라 얼마나 애썼을지 상상이 갔다.

"조심해! 던진다!" 이렇게 소리치면서 롤랑이 닻을 던졌다. 육중한 무게 때문에 닻은 작은 물거품을 일으키더니 곧장 수직으로 15미터 정도를 떨어져 내렸다.

롤랑은 배가 파도에 밀려 2미터 정도 떠내려가도록 내버려두다가 닻줄을 뱃머리에 달린 작은 고리에 묶었다. 배가 바람에 가볍게 흔들렸다. 닻줄이 팽팽하게 당겨지자 뱃전에서 '끼이익' 소리가 울려 나왔다. 막스가 염려스러운 눈빛으로 배의 접합 부분을 노려보았다.

"절대 침몰하지 않아, 막스! 내 말 믿어!" 롤랑이 또 다른 바구니에서 잠망경을 꺼내 물위에 올려놓으며 말했다.

"타이타닉호 선장도 침몰하기 직전에 그런 말을 했다지?" 막스가 놀려댔다.

알리시아가 뱃전에 매달려 잠망경 안을 들여다보았다. 처음으로 바닷속 저 아래 있는 오르페우스호의 모습을 볼 수 있었다.

"정말 굉장하네!" 바다 장관에 알리시아가 감탄사를 내뱉었다.

롤랑이 만족스러운 미소를 짓더니 물안경과 오리발 한 쌍을 내밀었다.

"조금만 기다려. 직접 가서 보게 해줄 테니까." 롤랑이 장비를 착용하며 말했다.

먼저 물로 뛰어든 건 알리시아였다. 롤랑이 뱃전에 걸터앉은 채 막스를 쳐다보며 말했다.

"걱정 마. 내가 잘 지킬게. 아무 일 없을 거야."

롤랑도 바다로 뛰어들어 뱃전에서 3미터 정도 떨어진 곳에서 기다리고 있던 알리시아와 합류했다. 둘은 막스에게 손을 흔들어 보이더니 잠시 후 바닷속으로 사라져갔다.

*　　*　　*

물속으로 들어간 롤랑은 알리시아의 손을 꼭 붙잡고 천천히 오르페우스호 선체를 향해 헤엄쳐 갔다. 지난번에 잠수했을 때에 비해 수온이 조금 낮은 것 같았고, 깊이 내려가면 내려갈수록 점점 더 떨어지는 게 느껴졌다. 초여름이면, 특히 심해에서 힘차게 뿜어 올라온 한류가 수심 6, 7미터 근방을 지날 때면 곧잘 나타나는 그런 현상이 롤랑에게는 낯설지 않았다. 롤랑은 물속 상황을 보면서 무의식중에 오늘은 알리시아도 막스도 오르페우스호 내부까지는 못 들어가게 해야겠다고 마음먹었다. 긴긴 여름 동안 난파선 안으로 들어가볼 수 있는 날들은 얼마든지 있을 테니까.

알리시아와 롤랑은 침몰한 배 둘레를 헤엄쳐 다녔다. 가끔씩은 헤엄을 멈추고 물위로 올라와 숨을 쉬기도 하고, 또 빛의 스펙트럼이 펼쳐지는 바닷속에 조용히 누워 있는 난파선을 구경하기도 했다. 롤랑은 알리시아가 바닷속 광경에 무척 신나 하는 걸 보면서 단 한순간도 그녀에게서 눈을 떼지 않았다. 어차피 조용히 잠수를 즐기는 건 혼자 있을 때나 가능한 일임을 잘 알고 있었기 때문이었다.

누군가 다른 사람, 특히 알리시아나 막스처럼 초보자와 함께 잠수할 때에는 해저 보모의 역할을 잠시도 잊어서는 안 된다. 여하튼,

지난 몇 해 동안 그 혼자만의 세계였던 이 마법의 세계를 알리시아와 그의 동생 막스와 함께 공유한다는 사실은 롤랑에게 큰 만족감을 주었다. 자신이 마치 해저 교회당으로 환상적인 관광을 즐기러 온 관광객들을 이끌고 마법의 박물관을 안내하는 안내자가 된 것 같은 느낌이 들었다.

그런데 바다는 롤랑에게 또 다른 매력을 선사하고 있었다. 물속을 헤엄쳐 다니는 알리시아의 몸을 바라보는 게 즐거웠던 것이다. 발차기를 할 때마다 그녀의 온몸의 근육과 다리의 근육이 팽팽하게 수축했고, 하얀 피부는 연푸른 바다색으로 물들었다. 알리시아가 자신의 끈끈한 시선을 전혀 눈치채지 못하는 사이에 그녀를 바라볼 수 있다는 게 한결 마음 편하고 좋았다. 다시 한 번 숨을 쉬기 위해 밖으로 나와보니 꼼짝 않고 앉아 있는 막스를 태운 배가 20미터쯤 떠내려가 있었다. 알리시아가 롤랑에게 즐거운 미소를 지어 보였다. 롤랑도 미소로 답하긴 했지만, 내심 그만 배로 돌아가는 게 낫겠다는 생각이 들었다.

"이번에는 오르페우스호 안으로 들어가볼까?" 알리시아가 숨을 헐떡이며 물었다.

롤랑은 추위 때문에 알리시아의 피부에 닭살이 돋는 걸 보았다.

"오늘은 안 돼." 그가 대답했다. "그만 배로 돌아가자."

알리시아가 롤랑의 얼굴에 떠오른 우려의 빛을 발견하고 미소를 거두었다.

"무슨 일 있어, 롤랑?"

롤랑이 환한 미소를 지어 보이며 고개를 저었다. 오늘 같은 날, 해저에 흐르는 섭씨 5도 정도의 한류 이야기를 군이 꺼내고 싶지 않았던 것이다. 알리시아가 배를 향해 막 헤엄을 치기 시작한 바로 그때, 롤랑의 심장이 덜컥 내려앉았다. 발아래 저 깊은 곳에서 시커먼 그림자가 움직이는 게 느껴졌기 때문이었다. 알리시아가 다시 그를 돌아보았다. 롤랑은 쉬지 말고 헤엄치라고 말한 뒤 물속을 살펴보려고 고개를 집어넣었다.

거대한 물고기를 닮은 시커먼 물체가 오르페우스호 주위를 빙글빙글 헤엄치며 돌고 있었다. 잠시 동안 롤랑은 상어가 아닌가 생각했지만, 다시 한 번 쳐다보는 순간, 그것이 착각이었음을 깨달았다. 롤랑은 마치 그들을 뒤쫓고 있는 것으로 보이는 그 기괴한 물체에서 눈을 떼지 않은 채 알리시아의 뒤를 따라 헤엄쳐 나갔다. 그 검은 물체는 모습을 드러내지 않고 계속해서 오르페우스호 그림자 아래를 뱀처럼 미끄러져 다녔다. 롤랑의 눈에는 그것이 그저 거대한 뱀을 닮은 기다란 형체로만 보였는데, 물체는 희미한 빛의 망토를 두르기라도 한 듯이 기이한 빛을 번득이고 있었다. 롤랑이 배를 쳐다보았다. 아직도 10미터는 더 가야 할 듯했다. 그런데 발밑의 검은 그림자가 방향을 바꾼 것 같아 얼른 아래를 내려다보니 그 물체가 밝은 곳으로 나와 천천히 위로 헤엄쳐 올라오기 시작하는 게 보였다.

알리시아가 그걸 보지 못하기를 바라면서 롤랑은 알리시아의 팔을 확 잡아채고는 있는 힘껏 배를 향해 헤엄치기 시작했다. 화들짝 놀란 알리시아가 영문도 모른 채 놀란 눈으로 그를 쳐다보았다.

"빨리 배로 가! 어서!" 롤랑이 소리쳤다.

알리시아는 무슨 일인지는 알 수 없었지만 롤랑의 얼굴이 새파랗게 질린 걸 보고는 더 생각할 틈 없이 무조건 헤엄치기 시작했다. 롤랑의 고함 소리에 벌떡 일어난 막스는 롤랑과 알리시아가 필사적으로 자신을 향해 헤엄쳐 오는 모습을 보았다. 그리고 잠시 후, 그는 물속에서 올라오고 있는 검은 그림자를 발견했다.

"세상에……!" 막스의 온몸이 굳어버렸다.

물속에서 롤랑이 알리시아를 있는 힘껏 밀었다. 그 바람에 알리시아가 뱃전에 부딪쳤다. 막스가 재빨리 두 손을 뻗어 올린 누나의 몸을 끌어안고 잡아 올렸다. 알리시아도 있는 힘껏 발버둥을 쳐 겨우 막스와 함께 배 안으로 우당탕 쏟아져 들어왔다. 롤랑은 안도의 한숨을 몰아쉬며 자기도 배에 오르려고 했다. 막스가 뱃전을 붙잡고 롤랑을 향해 한 손을 내밀었다. 그러나 그 순간, 롤랑은 막스가 자신의 등 뒤를 쳐다보며 경악의 표정을 짓는 것을 발견했다. 롤랑은 막스의 팔을 잡고 있던 자신의 손이 스르르 미끄러져 풀리는 것을 느꼈고, 그 순간 다시는 살아서 물 밖으로 나가지 못하리라는 예감에 사로잡혔다. 천천히, 아주 차가운 팔이 그의 두 다리를 감싸 잡는가 싶더니, 제어할 수 없는 강력한 힘으로 그를 물속 깊은 곳으로 끌고 들어갔다.

                              *   *   *

　찰나의 공황상태에서 벗어난 롤랑이 눈을 뜨고 자신을 해저 어
둠 속으로 끌고 들어가는 것의 정체가 무엇인지 살폈다. 처음에는
자신이 환상을 보고 있는 줄 알았다. 그의 눈앞에 보이는 물체는
고형분의 물체가 아닌, 고농축 액체처럼 보이는 기이한 물체였기 때
문이었다. 환영처럼 보이는 액체 덩어리의 형상은 수시로 변하고 있
었다. 롤랑은 그 억센 팔에서 벗어나려고 안간힘을 써보았다.

　액체로 된 형상이 마구 반죽처럼 뒤섞이더니 꿈속에서 수도 없
이 보았던 바로 그 피에로의 얼굴이 되어 그의 앞에 섰다. 피에로
가 도살꾼의 칼처럼 기다랗고 뾰족한 날카로운 이빨들이 줄줄이
박힌 커다란 입을 쩍 벌리자, 두 눈도 점점 커지기 시작하더니 접시
만큼이나 큼지막해졌다. 롤랑은 숨이 막혔다. 형상을 제멋대로 바
꾸는 저 괴물의 정체가 무엇인지는 모르겠지만 의도만은 확실해 보
였다. 롤랑을 난파선 안으로 끌고 들어가려는 것이었다. 롤랑이 과
연 얼마나 더 숨을 참고 버틸 수 있을까 하고 생각하는 사이 주변
의 빛이 점점 사라져갔다. 오르페우스호 안으로 들어선 것이다. 이
제 주변은 온통 칠흑 같은 어둠뿐이었다.

                              *   *   *

　막스는 침을 꼴깍 삼킨 뒤 물안경을 쓰고 롤랑을 찾아 뛰어들

준비를 했다. 아무 소용없을 수도 있었다. 어차피 잠수도 제대로 할 줄 몰랐지만, 설사 잠수를 한다 해도 물속에 들어갔다가 괴물이 그를 따라오기라도 하면 무슨 일이 벌어질지 상상조차 할 수 없기 때문이었다. 하지만 그렇다고 배 위에 가만히 앉아서 친구가 죽어 나오기를 기다리고 있을 수도 없는 일이었다. 오리발을 끼우는 사이, 그의 머릿속에는 조금 전의 사태에 대해 수만 가지 설명이 떠올랐다. 롤랑이 쥐가 났을 거야. 갑자기 수온이 떨어져서 심장마비가 온 것일 수도 있어……. 그 어떤 설명도 조금 전에 롤랑을 바닷속으로 잡아간 괴물이 진짜였다고 말하는 것보다는 좋아 보였다.

잠수를 하기 전에 막스는 알리시아와 마지막 시선을 교환했다. 누나의 얼굴에서는 롤랑을 구하고 싶다는 바람과 함께 동생도 똑같은 운명에 처해지면 어쩌나 하는 두려움이 교차하고 있었다. 이성을 되찾아 그 두 가지 모두 안될 일이라는 판단이 채 들기 전에 막스는 서둘러 물속에 뛰어들어 유리알처럼 맑은 바닷속을 헤엄쳐 들어갔다. 발아래 기다랗게 누워 있는 오르페우스호는 그 끝이 보이지 않을 정도로 길었다. 막스는 아까 위에서 보았을 때 롤랑이 마지막으로 사라졌던 뱃머리 쪽으로 헤엄쳐 갔다. 난파선의 갈라진 틈바구니 저 너머에서 뭔가 반짝이는 불빛이 보였다. 25년 전 바위에 찢긴 상처에서 흘러나오는 희미한 빛이었다. 막스는 그 갈라진 틈새 쪽으로 헤엄쳐 갔다. 누군가가 오르페우스호 속에 수백 개의 촛불이라도 밝혀놓은 모양이었다.

배로 들어가는 입구까지 내려가본 뒤 막스는 일단 물위로 올라가 숨을 쉬고 다시 곧장 배로 향했다. 이번에는 10미터를 내려가는 것조차 쉽지 않았다. 중간에 귀에 엄청난 압력이 실리면서 물속에서 그대로 고막이 터져버릴 것만 같았다. 한류를 만났을 때에는 온몸의 근육이 철사처럼 팽팽하게 긴장이 되어, 자칫 마른 낙엽처럼 해류에 휩쓸려가지 않으려면 있는 힘껏 물장구를 쳐야 했다. 막스는 뱃전을 꽉 쥐고 마음을 진정시켰다. 가슴속에 불이라도 난 듯했다. 거의 패닉 상태에서 수면 위를 올려다보니 저 위로 배 바닥이 조그맣게 보였다. 배는 한없이 멀게만 느껴졌다. 하지만 지금 뭐라도 하지 않으면 애써 여기까지 온 게 다 헛수고가 되고 말 거라는 생각이 들었다.

빛은 오르페우스호 안쪽 선창에서 흘러나오는 것 같았다. 막스는 난파선의 흉측한 몰골을 비추며 그것을 괴기스러운 해저 묘지처럼 보이게 만들고 있는 그 빛의 흔적을 따라갔다. 복도를 따라 찢어진 돛자락이 마치 메두사의 머리처럼 흐느적거리고 있었다. 그 복도를 지나자 제일 끝에 반쯤 열린 문이 보였고, 빛은 그 문 뒤로 흘러나오고 있었다. 찢어진 돛이 기분 나쁘게 피부를 간질였지만 무시하고 문손잡이를 잡은 뒤 있는 힘껏 잡아당겼다.

문은 선창의 중앙 창고 중 하나로 연결되어 있었다. 그리고 그 창고 한가운데서 롤랑이 조각 정원의 피에로 형상을 한 액체의 팔에서 벗어나기 위해 사투를 벌이는 중이었다. 막스가 보았던 불빛은 피에로의 크고 잔인해 보이는 눈에서 뿜어져 나오는 것이었다. 막스가 창고 가운데로 달려들자 액체 괴물이 고개를 들고 쳐다보았다. 막스는 본능적으로 있는 힘껏 줄행랑을 치고 싶었지만, 잡혀온 친구의 모습을 보자 광분한 괴물의 눈동자와 정면으로 마주할 용기가 불끈 솟았다. 액체 괴물이 이번에는 다른 얼굴로 바뀌었다. 막스도 알고 있는, 지난번 제이콥의 묘지에서 보았던 바로 그 천사상의 얼굴이었다.

어느덧 롤랑의 몸이 움직임을 멈추더니 죽은 듯 늘어져버렸다. 그러자 괴물이 롤랑을 쥐고 있던 손에서 힘을 뺐다. 그 순간, 막스는 친구에게 헤엄쳐 가 한 팔을 잡았다. 롤랑은 이미 의식을 잃은 상태였다. 빨리 물 밖으로 나가지 않으면 생명을 잃게 될 터였다. 막스는 롤랑을 선창 문으로 끌고 갔다. 그런데 순간, 천사상의 모습이자 동시에 기다란 송곳니가 달린 피에로의 형상을 한 괴물이 발톱을 높이 세우고 막스를 향해 달려들었다. 막스는 상대의 얼굴을 향해 주먹을 날렸다. 그런데 그 덩어리는 그냥 흐물거리는 액체일 뿐이었다. 어찌나 차가운지, 피부에 닿는 것만으로도 타는 듯한 통증이 일었다. 또 한 번 닥터 케인이 속임수를 쓴 것이었다.

막스가 뻗었던 팔을 접어 들이는 순간 그 괴물은 사라져버렸고, 그와 함께 빛도 사라졌다. 더 이상 숨을 참기 힘들어진 막스는 롤랑을 끌고 선창 복도를 지나 배 밖으로 나왔다. 이미 심장은 폭발 직전이었다. 더 이상은 단 1초도 버틸 수 없어진 막스가 참았던 숨을 한꺼번에 내쉬었다. 그리고 의식을 잃은 롤랑의 몸을 껴안고 물 위를 향해 힘껏 발차기를 시작했다. 이제 그마저도 언제 의식을 잃을지 몰랐다.

숨이 터질 것 같은 고통 속에 10미터가 마치 영원처럼 느껴졌다. 마침내 물 밖으로 나왔을 때 막스는 새롭게 태어난 것만 같았다. 알리시아가 물속으로 뛰어들어 두 사람이 있는 곳으로 헤엄쳐 왔다. 막스는 몇 번이나 심호흡을 하면서 가슴을 찌르는 듯한 통증을 달랬다. 롤랑을 배 위로 끌어올리기는 쉽지 않았다. 죽은 듯이 늘어져 있는 롤랑의 몸을 끌어올리느라 사투를 벌이는 사이 알리시아의 두 팔이 뱃전의 울퉁불퉁한 나무껍질에 사정없이 긁혀 상처가 났다.

겨우 롤랑을 배 위로 끌어올린 두 사람은 롤랑의 몸을 엎드려 놓고 폐 속에 잔뜩 찬 물을 토해내도록 등을 계속 압박했다. 그들이 롤랑의 호흡을 돌아오게 하기 위해 애쓰는 사이 알리시아의 온몸에서는 땀이 비 오듯 했고 상처 난 두 팔에서는 피가 연신 흘렀다. 끝으로 알리시아는 숨을 깊이 들이마신 뒤 롤랑의 코를 쥐고 그의 입에 힘껏 숨을 불어넣었다. 그렇게 인공호흡을 다섯 번이나 하자 롤랑이 온몸을 부르르 떨더니 물을 토해내고 또다시 떨기를 반복했다. 막스는 경련을 일으키는 롤랑의 몸을 붙들고 있었다.

마침내 롤랑이 두 눈을 떴다. 누렇게 죽어 있던 얼굴에도 서서히 핏기가 돌기 시작했다. 막스가 그를 부축해 상체를 일으키자 점차 호흡도 정상화되었다.

"이제 괜찮아." 롤랑이 한 손을 들어 친구들을 안심시키며 말했다.

알리시아는 두 팔을 축 늘어뜨리고 울기 시작했다. 막스는 지금까지 단 한 번도 누나가 그렇게 어린애처럼 훌쩍거리며 우는 모습을 본 적이 없었다. 막스는 롤랑이 제 몸을 스스로 가눌 수 있을 때까지 잠시 기다렸다가 노를 잡고 해변 쪽으로 저어가기 시작했다. 롤랑이 말없이 그를 지켜보았다. 막스가 그의 생명을 구한 것이다. 막스는 롤랑이 보여준 그 고마움으로 가득한 절박한 눈빛을 평생 잊지 못할 것 같았다.

* * *

알리시아와 막스는 롤랑을 통나무집 좁다란 침대에 눕히고 담요를 덮어주었다. 셋 다 그날 있었던 일에 대해 말할 기분이 아니었다. 최소한 지금 당장은 그랬다. 안개의 왕자의 위협을 이렇게 피부로 절감한 것은 이번이 처음이었고, 그 순간에 느꼈던 불안감은 이루 형언할 수 없을 정도였다. 모두들 일단 응급처치부터 해야겠다고 생각했다. 통나무집에는 마침 롤랑이 준비해놓은 구급상자가 있어 막스는 그것으로 알리시아의 팔에 난 상처를 덧나지 않도록 치료했다. 잠시 후 롤랑이 잠들었다. 알리시아는 망연자실한 표정으로 롤랑을 지켜보고 있었다.

"좋아질 거야. 지금은 지쳐서 그렇지, 괜찮을 거야." 막스가 말했다.

알리시아가 동생을 쳐다보았다.

"넌 좀 어때? 네가 롤랑의 생명을 구했어." 알리시아의 목소리가 감정에 겨워 떨리고 있었다. "아무도 너처럼 하지는 못했을 거야, 막스."

"롤랑이 내 입장이었어도 나처럼 했을걸 뭐." 막스가 멋쩍게 대답했다.

"넌 좀 어떠냐고?" 알리시아가 재차 물었다.

"솔직히?" 막스가 되물었다.

알리시아가 고개를 끄덕였다.

"사실은 나 토할 것 같아." 막스가 미소 지으며 대답했다. "내 생전 이렇게 끔찍해보기는 처음이거든."

알리시아는 동생을 꼭 안아주었다. 막스는 팔을 축 늘어뜨린 채 꼼짝 않고 있었다. 누나의 이런 행동이 뜨거운 형제애의 발현인지, 아니면 롤랑을 살리려 필사적으로 애쓰면서 경험했던 공포심 때문인지 알 수가 없었던 것이다.

"사랑해, 막스." 알리시아가 소곤거렸다. "내 말 들었지?"

막스는 멍한 표정으로 아무런 대답도 하지 못했다. 알리시아가 동생을 안고 있던 팔을 풀더니 통나무집 문으로 가 막스에게 등을 돌린 채 그대로 서 있었다. 막스는 누나가 울고 있다는 걸 깨달았다.

"내가 한 말 절대로 잊지 마." 알리시아가 중얼거렸다. "그리고 이제 좀 자도록 해. 나도 좀 잘게."

"지금 자면 다시는 못 일어날 것 같은데." 막스가 한숨을 쉬며 대답했다.

5분 후, 세 친구는 해변의 통나무집에서 깊은 잠 속으로 빠져들었다. 천지가 개벽을 한다 해도 그들을 깨울 수는 없었을 것이다.

14

해질 무렵, 빅터 크레이는 카버 가 사람들이 새롭게 이주한 해변의 집에서 100미터쯤 떨어진 곳에 발을 멈추었다. 그녀가 진심으로 사랑했던 단 한 명의 여인, 에바 그레이가 살았던 곳이자 제이콥 플레이슈만이 태어난 바로 그 집이었다. 하얀 페인트칠이 된 그 집을 보고 있자니 영원히 봉해진 줄만 알았던 내면의 상처가 다시 벌어지는 것 같았다. 집 안에 불이 다 꺼져 있는 것으로 보아 아무도 없는 것 같았다. 아마도 아이들은 롤랑과 함께 마을에 간 모양이었다.

빅터 크레이는 집 둘레에 쳐져 있는 하얀 울타리를 넘어 안으로 들어갔다. 그가 기억하고 있던 것과 똑같은 문, 똑같은 창문들이 마지막 햇살을 받아 반짝이고 있었다. 노인은 앞마당을 지나 뒷마당으로 간 뒤 해변의 집 뒤로 펼쳐진 벌판으로 나갔다. 저 멀리로 숲이 보였고, 그 입구에 있는 조각 정원의 모습도 눈에 들어왔다. 그가 그곳에 가지 않은 지도 꽤 오래 되었다. 그는 다시 발걸음을 멈추고 그 돌담 뒤에 감추어진 것들을 두려워하며 멀리서 다시 한 번 그곳을 쳐다보았다. 조각 정원의 시커먼 격자 철문을 통해 흘러나온 짙은 안개가 해변의 집을 향해 퍼져 나오고 있었다.

빅터 크레이는 두려웠다. 그는 본인이 노쇠했음을 절감하고 있었다. 그의 영혼을 갉아먹어온 그 두려움은 수십 년 전 빈민가 골목 한 귀퉁이에서 생전 처음 안개의 왕자의 목소리를 들었을 때 느꼈던 바로 그 두려움과 같은 것이었다. 삶의 끝자락에 선 지금, 더 이상 서커스는 없었지만, 매번 게임을 할 때마다 노인은 더 이상 에이스가 남아 있지 않다는 느낌을 받곤 했다.

그는 단호한 발걸음으로 조각 정원을 향해 걸어갔다. 곧 정원 한가운데서 피어오르기 시작한 안개가 그의 허리까지 차올랐다. 빅터 크레이는 떨리는 손을 외투 주머니로 가져가 집에서 출발하기 전에 꼼꼼히 장전해온 낡은 권총 한 자루와 강력한 손전등을 꺼내 들었다. 그는 손에 총을 받쳐 들고 정원 안으로 들어섰다. 손전등 불빛이 독특한 경내를 비추었다. 순간 빅터 크레이는 총을 들고 있던 손을 내리고 혹시 환상을 보는 게 아닌가 하는 심정으로 자신의 두 눈을 비벼댔다. 뭔가 이상했다. 최소한 그가 기대했던 광경은 아니었던 것이다. 그는 다시 손전등으로 안개 속을 비추어보았다. 잘못 본 게 아니었다. 정원은 텅 비어 있었다.

노인은 몇 발자국 앞으로 가 당혹스러운 눈빛으로 텅 빈 제단을 살펴보았다. 생각을 정리해보려 애쓰는 빅터 크레이의 귀에 저 멀리서 다가오고 있는 폭풍우 소리가 들려왔다. 그는 고개를 들어 수평선을 바라보았다. 무시무시한 망토자락 같은 시커먼 먹구름이 물통 속에 검은 잉크를 떨어뜨리기라도 한 듯 하늘 위로 번져나가고 있었다. 한줄기 섬광이 하늘을 가르는가 싶더니 전장의 총성과도 같은 요란한 천둥소리가 해안까지 들려왔다. 빅터 크레이의 귀에 바다 한가운데서 끓어오르는 주문 소리와도 같은 폭풍우 소리가 들려왔다. 그는 오래전 오르페우스호 선상에서 보았던 장면을 떠올리면서 지금이 그날의 상황과 똑같음을 깨달았다.

* * *

막스는 식은땀에 흠뻑 젖어 깨어났다. 자기가 지금 어디에 있는지를 파악하는 데 시간이 좀 걸렸다. 심장이 낡아빠진 오토바이에서 뿜어져 나오는 엔진소리만큼이나 요란하게 뛰고 있었다. 조금 떨어진 곳에 낯익은 얼굴이 보였다. 알리시아가 롤랑 옆에 잠들어 있었다. 그는 이제야 자신이 해변의 통나무집에 있다는 걸 기억해 냈다. 꿈은 몇 분 되지도 않을 만큼 짧았지만, 벌써 한 시간가량을 잠들어 있었던 모양이었다. 막스는 조용히 일어나 밖으로 나가 맑은 공기를 호흡했다. 그와 롤랑이 오르페우스호 속으로 끌려들어가 숨이 턱턱 막히는 모습의 무서운 꿈의 영상이 그제야 머릿속에서 사라지는 것 같았다.

해변은 황량했고, 높은 파도가 롤랑의 배를 바다 한가운데로 떠내려가게 하고 있었다. 저 조각배는 곧 급류에 휩싸여 거대하고 잔인한 바닷속으로 사라지고 말리라. 막스는 해변으로 좀 더 걸어 나가 찬물에 세수를 하고 어깨도 적셨다. 그리고 바위 사이의 움푹 들어간 곳을 찾아 바닷물에 발을 담그고 앉았다. 악몽 때문에 어지러워진 마음이 조금씩 가라앉았다.

막스는 지난 며칠간의 사건들 뒤에는 뭔가 나름의 논리가 숨어 있을 것이라고 생각했다. 대기 중 곳곳에서 거대한 위험의 기운이 감지되었고, 가만히 생각해보면 그 모든 기운은 곧 닥터 케인이 등장할 것임을 예고하고 있었다. 한 시간 한 시간 시간이 흘러갈수록 그자의 힘은 점점 더 세어지는 것 같았다. 막스가 보기에 영사기 필름 속에서 보았던 수수께끼의 조각 공원과 오늘 오후에 그들의 목숨을 앗아가려 했던 기괴한 괴물은 각각의 퍼즐이었고, 그 퍼즐들이 끼우고 맞춰져 복잡한 메커니즘을 이루고 있었다. 그리고 그 메커니즘의 핵심은 제이콥 플레이슈만의 어두운 과거로 수렴되고 있었다.

오늘 있었던 일을 떠올리던 막스는 또다시 닥터 케인과 만날 때까지 여유롭게 기다릴 겨를이 없다는 데 생각이 미쳤다. 그의 다음 행보를 미리 예측하고 그보다 먼저 움직여야 했다. 막스가 케인을 따라갈 수 있는 길은 한 가지뿐이었다. 제이콥 플레이슈만이 수년 전 필름 속에 남겨놓은 흔적을 따라가는 것이었다.

알리시아와 롤랑이 깨지 않게 조심하면서 막스는 자전거에 올라타 해변의 집으로 향했다. 저 멀리 수평선 위로 시커먼 점 하나가 하늘 위로 솟아오르더니 독가스처럼 시커먼 구름을 형성하며 퍼져 나가기 시작했다. 폭풍우가 만들어지고 있었다.

* * *

막스는 해변의 집으로 돌아오자마자 영사기에 필름부터 걸었다. 집으로 돌아오는 동안에도 기온은 눈에 띄게 내려갔고, 지금도 계속해서 떨어지고 있었다. 가끔씩 창문을 뒤흔들며 휙휙 몰아치는 바람에 폭풍우의 근접을 예고하는 메아리가 실려 들려오기 시작했다. 영사기 스위치를 켜기 전에 막스는 후다닥 계단을 뛰어 올라가 젖은 옷부터 갈아입었다. 목재 주택은 그가 발을 디딜 때마다 삐걱 소리를 내어, 세찬 바람 한 번 몰아치면 속절없이 주저앉아버릴 것만 같았다. 막스가 옷을 갈아입는 동안에도 창밖에서는 폭풍우가 하늘을 온통 시커먼 먹구름으로 뒤덮으면서 다가오고 있었다. 해가 지려면 아직 두어 시간이 남아 있었지만 주변은 벌써 어두워지기 시작했다. 막스는 창문이 잘 닫혔는지 다시 한 번 확인한 후 거실로 내려가 영사기를 켰다.

또다시 벽 위에서 영상들이 살아 움직이기 시작했다. 막스는 그 영상에 집중했다. 이번에는 카메라가 집 안을 비추고 있었다. 해변의 집 복도의 모습이 벽 위에 투영되고 있었다. 막스는 화면을 통해 그 당시 이 집의 내부를 확인할 수 있었다. 가구도 장식도 지금과는 달랐고, 전반적으로 매우 화려하면서도 장중한 느낌을 풍기고 있었다. 카메라는 마치 과거로의 문을 활짝 열고 10년 전의 집으로 초대라도 하는 듯 천천히 원을 그리며 사방의 벽과 창문을 비추었다.

2분 정도 아래층을 비추던 화면에 2층의 모습이 나타나기 시작했다.

복도 입구에서 카메라는 제일 끝에 있는, 사고가 나기 전까지 이리나가 쓰던 방을 향해 다가갔다. 문이 열리자 카메라가 어스름한 방 안으로 들어갔다. 방은 텅 비어 있었고, 카메라는 방 벽에 난 붙박이장 앞에 멈춰 섰다.

그렇게 몇 초가 흐르도록 카메라는 텅 빈 방에서 꼼짝 않고 고정되어 있었고, 화면에는 아무런 변화도 나타나지 않았다. 그런데 갑자기 옆 벽에 문짝이 요란하게 부딪힌 뒤 덜렁덜렁 흔들릴 만큼 장롱 문이 세차게 열렸다. 막스는 컴컴한 붙박이장 속에서 나오는 물체를 제대로 보려고 눈을 비벼댔다. 장롱 속에서 하얀 장갑을 낀 손이 하나 삐져 나왔다. 그 손 아래로 쇠사슬에 매달린 뭔가가 반짝거리고 있었다. 막스는 그 뒤로 뭐가 등장할지 감이 왔다. 닥터 케인이 장롱 속에서 걸어 나와 카메라를 보며 미소 지었다.

막스는 안개의 왕자가 손에 쥐고 있는 동그란 물체를 알아보았다. 바로 아버지가 선물해주신, 그런데 자신이 제이콥 플레이슈만의 묘지에다 떨어뜨리고 온 바로 그 회중시계였다. 그런데 어찌된 영문인지 지금 그 시계가 마법사의 손에 들어가 낡은 영사기가 쏟아내는 흑백의 큼지막한 영상 속에 등장하고 있는 것이었다.

카메라는 막스의 시계를 자세히 비추었다. 시계 바늘이 정상적인 속도로, 그러더니 점차 빠른 속도로 거꾸로 돌아갔다. 나중에는 바늘이 핑핑 돌아 시간을 알아볼 수조차 없을 정도였다. 잠시 후, 시계에서 불꽃이 탁탁 튀어 오르더니 연기가 피어올랐고, 급기야 불꽃에 휩싸이고 말았다. 막스는 불타고 있는 자신의 회중시계에서 눈을 떼지 못한 채 화면에 몰입했다. 잠시 후, 카메라가 갑자기 방향을 바꾸더니 화장대를 비추기 시작했다. 화장대 상단에는 거울이 달려 있었다. 카메라는 거울로 다가가 멈춰 섰다. 거울 위로 카메라를 들고 있는 주인공의 모습이 또렷이 비쳤다.

막스가 침을 꼴깍 삼켰다. 드디어 수년 전, 이 집에서 저 영상들을 필름에 담았던 주인공의 얼굴을 대면하게 된 것이었다. 막스는 미소 띤 얼굴로 자신의 모습을 필름에 담고 있는 어린아이의 얼굴을 한눈에 알아볼 수 있었다. 무척 어린 시절의 모습이기는 했지만, 그 생김생김이나 눈빛은 최근에 보았던 누군가의 얼굴을 떠올리게 했다. 바로 롤랑이었다.

필름이 영사기 속에서 헛돌기 시작하더니 카메라가 포착하고 있던 영상이 화면 속에서 서서히 지워지기 시작했다. 막스는 영사기 스위치를 껐다. 두 손이 파르르 떨리고 있었다. 그는 두 주먹을 불끈 쥐었다. 제이콥 플레이슈만이 롤랑이었다니…….

번개가 치자 어두웠던 방 안이 순간적으로 환해졌고, 그 순간 막스는 누군가 유리창 밖에서 문을 열어달라며 창문을 두들기고 있다는 사실을 깨달았다. 거실 불을 켜니 새파랗게 질린 얼굴로 두려움에 떨고 있는 빅터 크레이가 창밖에 서 있는 모습이 보였다. 몰골로 봐서는 귀신이라도 본 모양이었다. 막스가 문을 열고 노인을 들여보냈다. 할 이야기가 많았다.

15

막스는 따뜻한 차 한 잔을 내밀고 노인이 온기를 회복하기를 기다렸다.

빅터 크레이는 덜덜 떨고 있었는데, 막스는 그가 차가운 태풍 때문에 그러는 것인지 두려움을 감추지 못해 그러는 것인지 알 수 없었다.

"거기서 뭘 하신 거예요, 미스터 크레이?" 막스가 물었다.

"조각 정원에 갔었단다." 노인이 평정을 되찾으며 대답했다.

빅터 크레이는 김이 모락모락 오르는 차를 한 모금 마시더니 탁자 위에 내려놓았다.

"롤랑은 어디 있니, 막스?" 노인의 목소리에서 긴장이 느껴졌다.

"그건 왜 물으세요?" 막스가 되물었다. 노인을 보고 있자니 조금 전에 새롭게 알아낸 사실들이 떠올라 목소리가 매우 도전적으로 변해 있었다.

노인은 소년이 무얼 걱정하고 있는지 직감적으로 알아차리고는 손을 허공에서 흔들어댔다. 뭔가 설명하고는 싶지만 적당한 말이 떠오르지 않는다는 몸짓이었다.

"막스! 우리가 막지 못한다면, 오늘 밤에 무시무시한 일이 벌어질 거다." 어차피 별로 설득력이 없을 것임을 알면서도 빅터 크레이가 말했다. "롤랑을 찾아야 돼. 목숨이 위태롭단 말이다."

막스는 말없이 노인의 간절한 표정을 지켜보았다. 하지만 이제는 노인이 무슨 말을 한다 해도 믿을 수 없었다.

"누구 목숨이요, 미스터 크레이? 롤랑의 목숨이요? 아니면 제이 콥 플레이슈만의 목숨이요?" 막스가 빅터 크레이의 반응을 보고 싶다는 표정으로 물었다.

노인이 두 눈을 휘둥그레 뜨더니 체념한 듯 한숨을 내쉬었다.

"넌 모를 거다, 막스." 노인이 말했다.

"다 알아요. 미스터 크레이, 당신이 거짓말쟁이라는 걸요." 막스가 비난의 눈동자로 노인을 노려보며 말했다. "그리고 롤랑이 진짜로 누구인지도 알아요. 당신은 처음부터 우리를 속였던 거예요. 도대체 이유가 뭐예요?"

빅터 크레이가 자리에서 일어나더니 창가로 가 누군가를 기다리기라도 하듯 밖을 내다보고 섰다. 폭풍우가 점점 더 해안으로 다가

오고 있었고, 막스의 귀에도 먼 바다에서 울려오는 성난 파도 소리가 들렸다.

"롤랑이 어디 있는지 말해다오, 막스." 노인이 여전히 창밖을 내다보며 다시 한 번 부탁했다. "시간이 없단다."

"당신을 믿어도 될지 모르겠어요. 제가 돕기를 바라신다면, 우선 진실부터 말해주세요." 또다시 자신을 혼란스럽게 하는 건 절대로 용납할 수 없다는 듯 막스가 말했다.

노인이 휙 돌아서 사나운 눈빛으로 막스를 노려보았다. 막스도 겁날 것 하나 없다는 듯 똑같이 노인을 노려보았다. 빅터 크레이가 상황을 파악했는지 무너지듯 팔걸이의자에 주저앉았다.

"알았다, 막스. 네가 그렇게 원한다면 진실을 이야기해주마." 노인이 힘없이 말했다.

막스가 귀를 쫑긋하고 노인 앞에 마주 앉았다.

"지난번에 등대에서 내가 했던 이야기는 거의 사실 그대로였다." 노인이 이야기를 시작했다. "내 옛 친구 플레이슈만은 닥터 케인에게 에바 그레이의 사랑을 얻는 대가로 첫아이를 넘기겠다고 약속한 거야. 두 사람의 결혼 후 1년이 지날 무렵, 그때는 이미 나와 연락이 끊긴 상태였다만, 닥터 케인이 플레이슈만 앞에 나타나기 시작했어. 계약 내용을 상기시키면서 말이야. 플레이슈만은 어떻게든 그자를 막아보려 했고, 안 되니까 나중에는 결혼까지 깨뜨려야 하는지 고민하게 되었지. 그러던 중에 오르페우스호가 난파했고, 나는 그 사실을 부부에게 알려 오랜 세월 두 사람을 괴롭힌 족쇄로부터 자유롭게 해줘야 하는 게 아닌가 싶었어. 닥터 케인의 위협이 영원히 바닷속 무덤에 묻혀버리고 말았다고 생각한 거지. 아니, 그렇게 믿을 정도로 내가 무뎠던 거야. 플레이슈만은 내게 미안한 마음과 죄책감을 지니고 있었고, 그래서 다시 대학 때처럼 우리 셋이 잘 지낼 수 있게 만들려고 했어. 솔직히 말도 안 되는 소리였지. 이미 너무 많은 것들이 달라져 있었으니까. 여하튼 플레이슈만은 변덕을 부려 해변에 집을 지었고, 얼마 지나지 않아 그곳에서 두 사람의 첫 아들 제이콥이 태어났어. 그 아이는 두 사람이 다시 행복한 생활로 돌아갈 수 있게 해준, 하늘이 내려준 축복이었지. 하지만 그건 외형에 불과했어. 난 아이가 태어나던 날부터 이미 뭔가가 잘못 되어가고 있다는 걸 감지했거든. 바로 그날 새벽, 닥터 케인 꿈을 꾼 거야. 아이가 커가면서 플레이슈만과 에바는 행복에 겨워 점차 그들 주위에 잠재하는 위협에 무감각해지기 시작했지. 둘 다 아이가 해달라는 대로 다 해주면서 아이를 즐겁고 행복하게 해주는 데에만 정신이 팔려 있었던 거야. 세상에 그 아이만큼 부모의 사랑을 한 몸에 받으며 하고 싶은 대로 다 하고 자란 애도 없을 거야. 그러나 점차 케인이 등장할 조짐이 두드러져가고 있었어. 제이콥이 다섯 살이 되던 어느 날, 그가 뒷마당에서 놀다가 없어지는 일이 벌어졌단다. 플레이슈만과 에바는 몇 시간 동안 필사적으로 그를 찾아다녔지만 아이의 흔적조차 발견할 수 없었지. 그러다가 밤이 되었을 때, 플레이슈만이 손전등을 들고 숲으로 향했어. 혹 아이가 울창한 숲 속 어딘가에서 길을 잃고 헤매다가 사고라도 당한 게 아닌가 싶었던 거야. 6년 전, 그 집을 지을 무렵 숲 입구 부근에 있던 작은 정원을 기억하고 있었거든. 텅 비어 있기는 했지만, 오래전, 금세기 초 무렵에 유기견들을 모아놓았던 개 우리 같아 보였던 곳이었지. 사실 그곳은 제물로 공양할 동물들을 가두어두던 곳이었어. 그날 밤, 플레이슈만은 직감적으로 어쩌면 아이가 그곳에 들어갔다가 갇혀버린 게 아닐까 생각했는데, 그 생각이 맞았어. 문제는 그곳에 아이 혼자 있었던 게 아니라는 거였단다.

몇 년 전만 해도 텅 비어 있던 그 정원에는 어느덧 조각상들이 놓여 있었고, 제이콥은 그 조각들 속에서 놀고 있었어. 아들을 발견한 아버지는 얼른 아들을 데리고 나왔지. 그리고 그로부터 이틀 후, 플레이슈만이 등대를 찾아와 그날 있었던 이야기를 해주더군. 그러면서 자기에게 혹 무슨 일이 생기거든 아들을 돌봐주겠다는 내 약속을 받아냈단다. 그러나 그건 시작에 불과했어. 플레이슈만은 아이에게 일어난 기기묘묘한 사건들을 아내에게는 비밀로 했는데, 내심으로는 더 이상 도망칠 길이 없음을 깨닫고 있었던 거야. 머잖아 케인이 밀린 빚을 받으러 돌아올 것임을 직감한 거지."

"제이콥이 익사한 날에는 무슨 일이 있었던 거예요?" 막스는 대답을 뻔히 추측하면서도 부디 자신이 잘못 생각한 것이길 바라며 물었다.

빅터 크레이가 고개를 떨구더니 잠시 침묵하다 말했다.

"그날도, 오르페우스호가 침몰한 날과 같은 날짜인 6월 23일 오늘처럼 바다에서 무시무시한 태풍이 몰려왔지. 오르페우스호가 난

파하던 그날 밤과 마찬가지로 어부들은 배를 꽁꽁 묶어두었고, 마을 사람들은 창문과 문을 꽉 걸어 닫은 채 집 안으로 숨어들었어. 마을 전체가 폭풍우 아래서 유령 마을로 변해버린 거야. 나는 그날도 등대에 있었는데, 순간 섬뜩한 느낌이 들었어. 아이가 위험하다는 생각이 퍼뜩 든 거야. 그래서 텅 빈 거리를 한달음에 달려 이리로 왔어. 제이콥이 집에서 나와 거친 파도가 몰아치는 해변을 향해 걸어가고 있는 게 보이더구나. 비가 양동이로 쏟아붓듯이 내리고 있었기 때문에 거의 한 치 앞도 분간하기 힘들었지만, 번득번득 빛을 발하는 어떤 액체 덩어리 같은 형체가 아이를 향해 사탕발림이라도 하듯이 두 팔을 벌리고 다가가는 건 알아볼 수 있었지. 사방이 어두워서 잘 보이지도 않았는데, 제이콥은 몽유병에라도 걸린 아이처럼 그 물로 된 형체를 향해 걸어가고 있었고. 바로 케인이었어. 분명 그자였지. 모습은 시시각각으로 바뀌어서…… 뭐라 똑 부러지게 설명할 수는 없지만……."

"저도 봤어요." 막스는 노인이 자신도 불과 몇 시간 전에 보았던 그 괴기스러운 물체를 묘사하느라 시간을 낭비할까 싶어 말했다. "계속하세요."

"나는 아이를 구하러 달려가면서도 도대체 플레이슈만과 에바는 어디서 무얼 하고 있는 걸까 궁금했단다. 그래서 집을 돌아보았더니 서커스 단원들로 보이는, 돌덩이로 된 일단의 떼거리들이 현관 앞을 가로막고 있더구나."

"정원에 있던 조각상들이었겠군요." 막스가 말했다.

노인이 고개를 끄덕였다.

"이제 내 머릿속에는 오로지 한 가지 생각밖에 없었어. 아이를 구해야 한다는 생각. 그 괴물이 아이를 팔로 안고 바닷속으로 들어가고 있었거든. 나는 그 괴물을 향해 돌진했는데 그만 괴물의 몸을 쑥 뚫고 나가고 말았단다. 그 물로 된 거대한 형체는 어둠 속으로 사라져버렸고, 제이콥은 바닷물에 빠지고 말았어. 나는 몇 번이나 자맥질해 물속으로 들어가 캄캄한 어둠 속을 더듬던 끝에 겨우 아이를 찾아내 물 밖으로 끄집어냈지. 그리고 파도가 닿지 않는 백사장 위로 데려와 인공호흡을 했어. 집 앞에 있던 조각들도 케인과 함께 사라져버렸더구나. 플레이슈만과 에바가 아이를 구하려고 내 옆으로 달려왔지만 아이의 맥은 이미 멈추어버린 뒤였단다. 우리는 아이를 집으로 데리고 들어가 할 수 있는 모든 조치를 다 취해봤지만 아무 소용없었어. 아이는 이미 죽었던 거야. 플레이슈만은 완전히 정신이 나가버려 밖으로 뛰쳐나가 폭풍우 속에서 울부짖었어. 아이만 살려준다면 케인에게 제 목숨을 내놓겠다고. 그런데 잠시 후, 불가사의하게도 제이콥이 눈을 뜬 거야. 일종의 '쇼크' 상태에 빠져 있었던 거지. 아이는 우리를 알아보지 못했어. 자신이 누구인지도 몰랐고, 심지어 제 이름조차 기억하지 못하더구나. 에바가 아이를 모포로 감싸고 2층으로 데려가 침대에 눕혔지. 그리고 잠시 후 아래층으로 다시 내려온 에바가 내게 다가오더니, 아주 진지한 표정으로, 아이가 계속 자기 부부와 함께 있으면 목숨이 위험할 거라고 했어. 그러면서 부디 아이를 맡아달라고 부탁하더구나. 만일 운명이 다른 길을 선택했더라면 그녀와 나 사이에 태어났을 수도 있었을 아들이라고 생각해달라면서 말이야. 플레이슈만은 집 안으로 들어올 생각도 못하고 있었지. 나는 에바 그레이의 청을 받아들였어. 그리고 그녀의 눈동자에서 자신의 삶에 의미를 부여하던 유일한 존재를 포기해야 하는 고통을 보았지. 다음 날, 나는 아이를 데리고 왔어. 그리고 그 이후로 다시는 플레이슈만 부부를 만나지 못했고."

빅터 크레이는 한동안 말을 잇지 못했다. 막스는 노인이 눈물을 꾹 참는 모습을 지켜보면서 가슴이 뭉클했다. 노인이 창백하고 주름진 자신의 두 손에 얼굴을 묻었다.

"그로부터 1년 후, 플레이슈만이 죽었다는 소식을 들었단다. 들개에 물렸다가 기이한 병에 감염되어 죽었다더구나. 에바 그레이는 하늘 아래 어딘가에 살아 있는지조차도 알 수 없고."

막스는 노인의 절망적인 표정을 보면서 자신이 노인에 대해 잘못 생각했다는 걸 알 수 있었다. 그가 시골 촌부인 것은 분명하지만, 그의 말은 모두가 사실이었던 것이다.

"그래서 롤랑 부모님 이야기를 지어내신 거군요. 이름까지 새로 지어주시고요……." 막스가 말했다.

크레이가 고개를 끄덕였다. 그는 이제 겨우 열세 살 먹은 소년에게, 그것도 이제 겨우 두 번째 만나는 어린아이에게 인생 최대의 비밀을 털어놓은 것이다.

"그럼 롤랑은 진짜 자기가 누군지도 모른다는 말이네요?" 막스가 물었다.

노인이 고개를 여러 번 끄덕였다. 막스는 그토록 기나긴 세월을 형벌이라도 감내하듯이 등대를 지키며 살아온 노인의 눈에서 분노의 눈물이 샘솟는 것을 보았다.

"그럼 묘지에 있던 제이콥 플레이슈만의 무덤에는 도대체 뭐가 묻혀 있는 거예요?" 막스가 물었다.

"아무것도 묻혀 있지 않아." 노인이 대답했다. "장례식도 치르지 않았고, 누가 무덤을 만든 것도 아니니까. 폭풍우가 물러가고 일주일쯤 지난 어느 날 보니까 시립 묘지에 그 묘가 서 있더라고. 마을 사람들은 당연히 플레이슈만이 아들의 묘를 만든 거라고들 생각했지."

"아니면요?" 막스가 물었다. "플레이슈만 씨가 만든 게 아니라면, 도대체 누가 묘를 만들었다는 거예요? 도대체 뭐 하려고요?"

빅터 크레이가 쓴웃음을 지으며 대답했다.

"케인이 만든 거지. 케인이 훗날 제이콥의 묘로 쓰려고 그곳에 묘부터 만들어놓은 거야."

"말도 안 돼!" 막스가 중얼거렸다. 그리고 순간 노인에게 진실을 전해 듣느라 너무나도 소중한 시간을 낭비했음을 깨달았다. "롤랑을 구해야 해요. 지금 통나무집에 있어요……."

* * *

해안으로 밀려와 부서지는 파도 소리에 알리시아가 잠에서 깨어났다. 벌써 밤이 되어 있었고, 통나무집 지붕에 떨어져 내리는 요란한 빗방울 소리로 미루어 보아 잠들어 있던 사이에 강력한 폭풍우가 만으로 밀어닥치고 있는 게 분명했다. 아직도 몽롱한 상태에서 일어나 주변을 돌아보니 롤랑이 여전히 침대에 잠들어 있었다. 꿈결에 뭔지 모를 잠꼬대를 하는 소리가 들렸다. 막스는 없는 걸로 보아 아마도 밖에서 비 내리는 바다를 보고 있는 모양이었다. 막스는 비를 무척이나 좋아했으니까. 그녀는 문을 열고 해변을 바라보았다.

푸르스름하고 짙은 안개가 마치 기다리고 있었다는 듯이 바다에서 통나무집 쪽으로 슬금슬금 밀려오고 있었다. 열두엇은 되어 보이는 사람들의 목소리가 마치 그녀의 귀에 대고 속삭이듯이 한꺼번에 웅얼거렸다. 알리시아는 문을 쾅 닫고 문에 기대어 선 채 두려움을 떨치려 애써보았다. 요란한 문 소리에 놀라 깬 롤랑이 눈을 번쩍 뜨더니 힘겹게 몸을 일으켰다. 어떻게 여기에 와 있는지 잘 모르겠다는 얼굴이었다.

"어떻게 된 거야?" 롤랑이 힘없이 물었다.

알리시아는 대답을 하려 했지만 그럴 수가 없었다. 롤랑도 통나무집 곳곳의 틈바구니로 스멀스멀 기어든 짙은 안개가 알리시아를 휘감는 걸 보고 기겁했다. 알리시아가 비명을 지르는 것과 동시에 문짝이 바깥으로 세차게 열리는가 싶더니 보이지 않는 무시무시한 힘에 의해 경첩째로 뽑혀나갔다. 롤랑이 침대에서 벌떡 일어나 알리시아에게 달려가려 했지만, 알리시아는 이미 짐승의 발톱처럼 생긴 희뿌연 안개에 휩싸인 채 바다 쪽으로 멀어져가고 있었다. 그리고 웬 물체가 롤랑의 앞을 가로막고 섰다. 롤랑은 그 물체를 알아볼 수 있었다. 그를 바닷속으로 끌고 들어갔던 바로 그 물 괴물이었다. 늑대의 이빨을 가진 피에로의 얼굴이 드러났다.

"안녕, 제이콥?" 물컹물컹한 젤라틴 같은 입술에서 목소리가 흘러나왔다. "어디, 이제 한번 놀아볼까?"

롤랑이 그 물 덩어리를 향해 주먹을 날리자 케인은 공기 속으로 흩어져버리고 엄청난 양의 물만 바닥으로 쏟아져 내렸다. 집 밖으로 뛰쳐 나가보니 폭우가 쏟아지고 있었고, 불그스름한 빛을 띤 거대한 구름 덩어리가 만 위를 온통 뒤덮고 있었다. 그리고 구름 뒤저 하늘 높은 곳에서 요란한 낙뢰가 만을 에워 싼 산벼랑 중 하나에 떨어지자 거대한 암반이 부서져 내리며 해변까지 그 파편이 튀어왔다.

알리시아는 무시무시한 괴력을 지닌 팔에서 벗어나려고 발버둥을 치며 비명을 질러댔고, 롤랑은 그녀를 향해 자갈 덮인 해변을 달려갔다. 그리고 막 그녀의 손을 잡으려는 순간, 바다가 엄청나게 요동을 치는 바람에 그만 넘어지고 말았다. 그가 다시 일어섰을 때에도 발아래로 대지가 흔들렸고, 바다 저 아래로부터 울리는 듯한 굉음이 요란한 소리를 냈다. 롤랑은 몇 걸음 뒷걸음질을 치면서 중심을 잡아보려 애썼다. 그러다 거대한 형체가 바다에서 쑥 솟아오르며 빛을 뿌리는 모습을 보았다. 높이가 수 미터에 달하는 엄청난 파도가 사방으로 튀었다. 그리고 마침내 만 한가운데서 물을 가르며 돛대가 솟아오르기 시작했다. 아주 천천히, 휘둥그레 뜬 롤랑의 눈앞으로, 빛을 휘감은 오르페우스호의 선체가 떠오르고 있었다.

선교에서는 망토를 두른 케인이 은빛 지팡이를 하늘을 향해 치켜들고 있었는데, 또 한 번의 낙뢰가 그에게 떨어지면서 오르페우스호 전체가 눈부신 빛을 발했다. 물 괴물의 손이 알리시아를 그의 발아래 내동댕이치자 사악한 마법사의 웃음소리가 만 전체에 울려 퍼졌다.

"내가 원하는 건 너야, 제이콥!" 롤랑의 머릿속에 케인의 속삭임이 울려 퍼졌다. "여자애가 죽는 걸 원치 않는다면, 네 발로 찾아오너라!"

16

막스가 빗속에 자전거로 달려가는데 낙뢰가 떨어지는가 싶더니 요란한 섬광이 번쩍하며 찬란한 빛에 휩싸인 오르페우스호가 바다에서 솟아올랐다. 낡아빠진 케인의 배가 미친 듯 요동치는 바다 위로 그 자태를 드러낸 것이다. 막스는 숨이 턱에 차도록 페달을 밟아 댔다. 너무 늦게 통나무집에 도착할까 봐 두려웠던 것이다. 등대지기 노인은 이미 저만치 뒤쳐져 있었다. 도저히 소년의 속도를 따라잡을 수 없었던 것이다. 해안가에 도착하자 막스는 자전거에서 뛰어내려 롤랑의 통나무집을 향해 내달렸다. 그런데 막스의 눈에 사정없이 뽑혀져 나간 통나무집 문짝이 보였다. 그리고 저 멀리 바닷가에서는 롤랑이 망연자실한 채 마법처럼 파도를 가르고 솟아오른

유령선을 올려다보고 있었다. 막스는 하늘에 감사하며 그에게 달려
가 그를 덥석 끌어안았다.

"괜찮아?" 막스가 등으로 폭풍을 막아내며 롤랑에게 물었다.

롤랑이 산 채로 사로잡힌 상처 입은 짐승처럼 공포심 어린 눈빛
으로 막스를 쳐다보았다. 막스는 그 얼굴에서 카메라를 들쳐 메고
거울 앞에 서 있던 어린 제이콥의 얼굴을 발견하고 오싹했다.

"알리시아를 데려갔어." 마침내 롤랑이 말했다.

막스는 롤랑이 지금 왜 이런 일이 벌어지고 있는지 제대로 이해
하지 못한다는 걸 알았지만, 이런 상황에서 설명을 해봐야 일만 더
복잡해질 것 같았다.

"어쨌거나 너는 그자한테서 떨어져 있어." 막스가 말했다. "내 말
알아들어? 케인에게서 멀찍이 떨어져 있으라고."

롤랑은 막스의 말은 들은 척도 않고 바닷속으로 걸어 들어갔다.
금방 물이 허리까지 찼다. 막스가 뒤따라가 제지하려 했지만 막스
보다 훨씬 힘 센 롤랑이 막스의 손을 잡고 세차게 밀어내고는 바닷
속으로 뛰어들었다.

"안 돼!" 막스가 소리쳤다. "지금 무슨 일이 벌어지고 있는지 알
아? 그자가 찾는 건 너란 말이야!"

"나도 알아." 롤랑이 한마디도 더할 틈을 주지 않고 대답했다.

막스는 파도를 가르고 잠수해 들어간 롤랑이 몇 미터 떨어진 곳
에서 솟구쳐 나오더니 오르페우스호를 향해 헤엄쳐가는 모습을 보
았다. 막스의 마음 한 편은 당장 통나무집으로 돌아가 일이 잠잠해

질 때까지 침대 밑에 조용히 숨어 있으라고 소리치고 있었다. 그러나 언제나 그랬듯이 막스는 다른 편에서 터져 나오는 목소리를 듣고 있었다. 그 목소리는 얼른 친구의 뒤를 따라가라고 소리치고 있었다. 이번에 들어가면 다시는 살아서 땅을 밟을 수 없음을 알고 있으면서도 말이다.

*　　*　　*

장갑 속에 감추어진 케인의 기다란 손가락이 마치 집게처럼 알리시아의 손목을 감아쥔 채 미끄러운 오르페우스호 갑판 위로 그녀를 끌고 갔다. 알리시아는 벗어나려고 버둥거렸다. 케인이 그녀를 돌아보더니 힘 하나 들이지 않고 그녀를 번쩍 들어올려 코앞으로 바짝 끌어당겼다. 알리시아의 눈에 분노로 이글거리는 케인의 눈동자가 점점 커지면서 파란색에서 금색으로 바뀌는 게 보였다.

"딱 한 번만 경고한다!" 마법사의 목소리는 차가웠고, 온정이라고는 티끌만큼도 느껴지지 않았다. "가만히 있어. 그렇지 않으면 후회하게 될 테니까. 내 말 알아들어?"

마법사가 그녀의 손목을 아프도록 쥐었다. 알리시아는 겁이 났다. 말을 듣지 않으면 그는 당장이라도 자신의 손목을 바싹 마른 벽돌 부수듯이 바스러트릴 것만 같았다. 저항해봐야 소용없다는 걸 깨달은 소녀가 황망히 고개를 끄덕였다. 케인은 손에서 살짝 힘을 빼면서 미소 지었다. 연민도, 예의도 담겨 있지 않은, 오로지 증

오만이 가득한 미소였다. 케인이 알리시아의 손목을 놓아버리자 알리시아는 다시 갑판 위로 떨어져 내리면서 바닥에 이마를 찧었다. 이마를 문질렀더니 쓰리고 아픈 게 어딘가 찢어진 모양이었다. 그러나 잠시 쉴 틈도 없이 케인은 다시 곳곳이 상처투성이인 그녀의 팔을 잡아끌고 배 안으로 들어갔다.

"일어나!" 마법사는 오르페우스호 선교 뒤 선실 쪽으로 난 복도로 알리시아의 등을 떠밀며 걸어갔다.

양쪽 벽은 거무스름하게 변색되어 있는 데다 곳곳에 녹이 슬어 있었고, 시커먼 해초들이 다닥다닥 붙어 있었다. 오르페우스호 내부 바닥에는 한 뼘 정도 높이로 물이 고여 있었고, 거기서 역한 냄새가 풍겨났다. 그리고 그 위로 온갖 잡동사니들이 둥둥 떠다니면서 배가 파도에 흔들릴 때마다 요란하게 춤을 추곤 했다. 닥터 케인이 알리시아의 머리채를 휘어잡더니 수문을 열었다. 수문 안 복도 끝에 선실이 하나 보였다. 복도에는 25년 동안 갇혀 있던 썩은 물과 썩은 공기가 가득 차 있었다. 알리시아가 급히 숨을 참았다. 마법사는 그대로 머리채를 휘어잡은 채 그녀를 선실 문 앞까지 끌고 갔다.

"이 배에서 제일 좋은 선실입니다, 아가씨! 귀한 손님을 위해 준비한 선장실이지요. 그럼 동행을 즐기시지요!"

케인은 알리시아를 거칠게 선실 안으로 밀어넣더니 등 뒤에서 문을 닫아버렸다. 알리시아는 무릎을 꿇고 혹 쓸 만한 뭐라도 찾을 수 있을까 싶어 벽을 더듬어보았다. 선실 안은 거의 암흑이었고, 기나긴 세월 동안 물속에 잠겨 있으면서 해초와 미생물 찌꺼기들이 겹겹이 쌓여 거의 불투명에 가까워진 조그마한 창문을 통해 들어오는 빛이 전부였다. 계속해서 배가 폭풍우에 요동친 탓에 그녀는 몇 번이나 선실 벽에 부딪쳤다. 겨우 녹슨 관을 발견해 붙들고 선 그녀는 온 선실 안에 가득한 냄새를 잊으려고 애쓰면서 어스름한 어둠 속에서 선실 안을 살펴보았다. 희미한 한줄기 빛이 고작인 선실 속 어둠에 익숙해지기까지는 약간의 시간이 걸렸다. 잠시 후, 그녀의 눈은 닥터 케인이 그녀를 위해 준비한 선실 안을 살펴보고 있었다. 나갈 곳이라고는 조금 전에 마법사가 닫아걸고 사라진 그 문밖에 없었다. 알리시아는 절망적인 기분으로 쇠막대기 같은 단단한 물건을 찾아보았다. 출입문을 부수고라도 나갈 생각이었던 것이다. 그러나 아무것도 없었다. 다시 탈출 도구로 쓸 만한 걸 찾기 위해 어둠 속을 살펴보던 그녀의 손에 벽에 기대어 있는 뭔가가 닿았다. 알리시아는 기겁을 하고 뒤로 물러섰다. 형체조차 알아볼 수 없는 오르페우스호 선장의 유골이 그녀의 발아래로 와르르 무너져내렸다. 알리시아는 그제야 케인이 말했던 '동행'의 의미를 깨달았다. 운명은 떠돌이 네덜란드인 선장 편이 아니었던 것이다. 용틀임하는 바다와 폭풍우가 그의 절규를 잠재워버린 것이다.

* * *

롤랑이 오르페우스호를 향해 헤엄치는 동안 성난 바다는 매 1미터마다 도저히 거역할 수 없는 힘으로 그를 물속으로 빨아들였다가 다시 새하얀 물거품을 뿜어대며 부서지는 파도 위로 내뱉기를 계속했다. 그의 눈앞에서 오르페우스호는 폭풍우가 불러일으킨 거대한 파도와 맞서 버티고 있었다.

배에 가까이 다가갈수록 바다는 더욱 광포해지고 물살이 세져 점점 방향을 잡기가 힘들었다. 롤랑은 이러다가 파도에 휩쓸려 오르페우스호 선체에 부딪히기라도 하면 정신을 잃겠다 싶어 걱정이 되었다. 자칫 그런 사태라도 발생했다가는 바다가 기다렸다는 듯이 그를 꿀꺽 삼켜버리고 영원히 수장시켜버릴 게 분명했기 때문이다. 롤랑은 그를 향해 덮치듯 달려오는 파도를 피해 물속으로 잠수했다가 다시 떠오르며 파도가 저만치 해안으로 성난 물보라를 일으키며 부서지는 것을 지켜보았다.

오르페우스호는 수면 위로 약 12미터 정도 솟구쳐 있었고, 벌겋게 녹이 슨 금속 선체를 봐서는 도저히 갑판까지 기어오를 수 없을 것 같았다. 그렇다면 배 안으로 들어갈 수 있는 유일한 길은 25년 전 난파 당시 암초에 찢기면서 생겨난 기다란 홈뿐이었다. 그 홈은 수표면과 맞닿은 높이에 나 있어서 배가 흔들릴 때마다 물위로 솟았다 가라앉기를 반복하고 있었다. 시커먼 구멍을 감싸고 있는 금속 선체의 찢어진 홈은 마치 거대한 해저 괴물의 아가리처럼 보였다. 롤랑은 그 구멍 속으로 들어가야 한다는 생각만으로도 오싹했지만 그것만이 알리시아에게 갈 수 있는 유일한 길이었다. 그는 다음 번 파도에 휩쓸려가지 않도록 조심하면서 파도가 지나자마자 선체에 난 홈을 향해 헤엄쳐 어둠 속으로 파고드는 인간어뢰처럼 구멍 안으로 파고들었다.

* * *

빅터 크레이는 숨 한번 돌릴 틈 없이 만과 등대길 사이에 난 잡풀들을 헤치고 나갔다. 세차게 몰아치는 폭풍우는 그를 멀리 떼어내려고 작정한 보이지 않는 손길처럼 그의 발길을 방해하고 있었다. 마침내 해변에 도착하니 만 한가운데 불쑥 솟아오른 오르페우스호가 초자연적인 푸른빛에 휩싸인 채 벼랑을 향해 항해하고 있는 모습이 보였다. 뱃머리는 세찬 파도에 배가 기우뚱거릴 때마다 갑판 위에까지 치솟아 오르며 새하얀 물보라를 쏟아내는 파도를 가르고 있었다. 절망의 그림자가 그의 얼굴에 드리워졌다. 그가 가장 염려하던 일이 현실이 되었고, 그는 패배한 것이다. 나이가 들면서 총기가 흐려져 안개의 왕자의 기만술에 또다시 넘어가고 만 것이다. 이제 그가 할 수 있는 있은 롤랑이 마법사가 준비한 운명의 덫에 갇혀버리지 않기를 하늘에 기원하는 것뿐이었다. 롤랑에게 볍씨만 한 탈출 가능성이라도 보장해줄 수 있다면 기꺼이 자기 목숨이라도 바칠 수 있을 것 같았다. 그러나 이번에는 아이의 엄마에게 했던 약속을 도저히 지키지 못하게 될 것 같은 불길한 예감이 들었다.

빅터 크레이는 혹시나 롤랑이 그 안에 있을까 하는 헛된 기대를 품고 통나무집 쪽으로 가보았다. 그러나 막스도, 알리시아도 보이지 않았으며 떨어진 문짝만 해변에 덩그러니 나자빠져 있었다. 불안감은 더욱 커져만 갔다. 바로 그때, 한 줄기 희망이 보였다. 통나무집 안에서 불빛이 흘러나오고 있었던 것이다. 등대지기 노인은 롤랑을 소리쳐 부르며 서둘러 문 앞으로 달려갔다. 그런데 그를 맞으러 나온 건 허옇게 날이 선 돌칼을 던져대는 피에로의 형상이었다.

"이거 안타까워서 어쩌나, 영감? 너무 늦으셨는걸." 노인이 지금도 기억하고 있는 케인의 목소리였다.

빅터 크레이가 뒷걸음질을 쳤다. 그러나 등 뒤에도 누군가가 있었다. 그리고 그가 미처 뒤돌아보기도 전에 뭔가가 그의 목덜미를 내리쳤다. 잠시 후, 그는 캄캄한 어둠의 나라 속으로 빠져 들어갔다.

* * *

막스는 롤랑이 선체의 갈라진 홈을 통해 오르페우스호 안으로 들어가는 모습을 보았다. 그리고 파도가 몰아칠 때마다 온몸의 힘이 빠져나가는 것을 느꼈다. 막스는 롤랑처럼 수영을 잘하지 못했기 때문에 얼른 배로 들어갈 길을 찾지 못한다면 이 험한 폭풍우 속에서 물위에 떠 있는 것조차 힘들 것 같았다. 시간이 흐르면 흐를수록 저 배 안에 거대한 위험이 도사리고 있다는 게 명확해지는데도 배로 가려고 하는 걸 보면, 파리가 꿀을 보고 꼬이듯이 모두가 배를 향해 모이게 하는 것도 다 마법사의 계략임이 분명했다.

고막을 찢을 듯한 요란한 벼락 떨어지는 소리와 함께 거대한 물기둥이 오르페우스호 선미 꼭대기까지 치솟더니 엄청난 속도로 배를 향해 달려들었다. 잠시 후, 그 거대한 파도에 휩쓸려 배가 절벽까지 밀려갔고 결국 뱃머리가 절벽에 긁히면서 돌덩이들이 갑판 위로 쏟아져 내렸다. 번쩍거리는 깃발들이 달려 있던 돛대가 선체 측면으로 기우뚱하더니 물속으로 가라앉은 막스 옆 몇 미터 떨어진 곳으로 넘어졌다.

막스는 열심히 쓰러진 돛대를 향해 헤엄친 뒤 그 끝에 매달려 잠시 숨을 골랐다. 위를 올려다보니 쓰러진 돛대가 배 상갑판까지 다리 역할을 해줄 수 있을 것 같았다. 또다시 파도가 밀려와 영원히 그를 쓸어가기 전에 막스는 재빨리 오르페우스호를 향해 돛대를 기어오르기 시작했다. 그러나 막스는 뱃전 난간에 미동도 않고 기대어 그를 기다리는 검은 그림자의 존재를 미처 눈치채지 못하고 있었다.

* * *

파도에 떠밀려 오르페우스호 안으로 쑥 밀려들어온 롤랑은 본능적으로 두 팔로 얼굴을 가렸다. 난파선 여기저기를 떠다니던 온갖 잔해들이 부딪쳐왔기 때문이다. 롤랑은 다시 헤엄치기 시작했지만 곧 배가 한 번 기우뚱하는 바람에 요란하게 벽에 가 부딪친 뒤에야 겨우 배 상부로 연결되는 계단 난간을 붙잡을 수 있었다.

롤랑은 좁다란 철계단을 따라 올라간 뒤 해치를 통과해 오르페우스호의 망가진 엔진이 자리 잡고 있는 캄캄한 기계실로 들어섰다. 그는 기계 잔해들을 지난 뒤 갑판으로 올라가는 통로를 통과하고 재빨리 선실 복도를 지나 선교까지 갔다. 신기하게도 롤랑은 그 동안 잠수를 하면서 돌아보았던 선실 구석구석과 온갖 물품들을 다 알아볼 수 있었다. 선교 위에 올라서니 파도가 들이쳤다가 선교까지 밀려온 뒤 썰물처럼 쓸려나가곤 하는 오르페우스호 갑판의 전경이 한눈에 들어왔다. 순간, 롤랑은 오르페우스호가 엄청난 힘에 의해 앞으로 전진하는 걸 느꼈고, 곧이어 뱃머리가 절벽 바로 앞까지 와 있는 걸 보았다. 곧 배가 절벽과 충돌할 터였다.

롤랑은 서둘러 키를 붙들어보려고 했지만 갑판 위에 널려 있던 해초를 밟으면서 미끄러졌다. 몇 미터를 굴러간 롤랑은 구식 라디오에 세게 부딪쳤고, 그 순간 배가 절벽에 충돌하면서 요란하게 흔들리는 게 그대로 느껴졌다. 최악의 순간을 모면한 롤랑이 막 몸을 일으켜 세우는데 아주 가까운 어딘가에서 폭풍우 속을 뚫고 사람의 목소리가 들려왔다. 똑같은 소리가 반복되고 있었다. 롤랑이 잘 알고 있는 목소리였다. 알리시아가 배 안 어딘가에서 살려달라고 소리치고 있었다.

* * *

오르페우스호 갑판까지의 거리는 겨우 10미터였는데 막스에게는 마치 100미터도 더 되는 것 같았다. 돛대가 워낙 부식되고 부서져 있어서 막스가 겨우 갑판 위에 닿았을 때에 그의 팔과 다리는 온통 긁히고 찢겨 있었다. 막스는 무척 쓰리고 아팠지만 지금은 상처 같은 데 신경 쓸 때가 아니라고 판단하고는 손을 뻗어 금속제 손잡이를 잡았다.

손잡이를 꽉 틀어 쥔 그는 갑판 위로 뛰어 내리다가 그대로 엎어지고 말았다. 그런데 웬 시커먼 물체가 그의 앞에 와 섰다. 막스가 롤랑이기를 바라며 고개를 들어보니, 케인이 망토 자락을 휘날리며 자신의 코앞에 황금빛을 발하는 뭔가를 내밀었다. 그 물건은 체인에 매달린 채 막스의 코앞에서 달랑거렸다. 막스의 시계였다.

"이걸 찾니?" 마법사가 막스 앞에 쪼그리고 앉아 지난번 제이콥 플레이슈만의 묘지에 갔다가 떨어뜨리고 온 시계를 흔들어대며 말했다.

"제이콥은 어디 있어요?" 막스가 밀랍인형 같은 케인의 얼굴에 떠오른 조롱의 미소는 못 본 체하고 물었다.

"그게 바로 오늘의 퀴즈야!" 마법사가 대답했다. "해답을 찾는 데 네가 좀 도와줄래?"

케인이 시계를 손바닥에 올려놓더니 주먹을 쥐었다. 손바닥 안에서 금속 우그러지는 소리가 흘러나왔다. 마법사가 다시 손바닥을 폈을 때, 아버지에게서 선물로 받은 그 시계는 나사고 부품이고 모조리 납작하게 찌그러져 형체조차 알아볼 수 없는 고철 덩어리가 되어 있었다.

"막스! 시간은 존재하지 않아. 그건 그저 환상일 뿐이야. 네가 좋아하는 코페르니쿠스도 시간이 조금만 더 있었더라면 그 사실을 발견했을 텐데…… 정말 아이러니 하지 않니?"

막스는 머릿속으로 뱃전에 뛰어내려 마법사의 손에서 벗어날 수 있는 가능성이 얼마나 될까를 계산하고 있었다. 그러나 케인의 하얀 장갑을 낀 손이 그의 목을 틀어쥐는 통에 그는 숨조차 쉴 수 없었다.

"날 어떻게 할 셈이에요?" 막스가 신음소리를 냈다.

"네가 나라면 널 어떻게 할 것 같니?" 마법사가 되물었다.

막스는 금방이라도 숨이 막혀버릴 것 같아 아무 생각도 할 수 없었다.

"아주 멋진 질문이었지?"

그러면서 케인은 막스를 갑판 위로 내동댕이쳤다.

막스는 녹슨 철제 바닥 위로 세게 떨어지는 바람에 어찌나 충격이 심했던지 눈앞이 노래지고 현기증이 났다.

"왜 제이콥을 쫓아다니는 거예요?" 막스가 더듬더듬 물었다. 어떻하든 롤랑이 시간을 벌 수 있게 해주고 싶었다.

"약속은 약속이니까, 막스." 마법사가 대답했다. "내가 한 약속은 이미 지켰거든."

"하지만 어린아이 목숨을 거두는 게 당신한테 뭐 그리 중요한 일이라고요?" 막스가 마법사를 비난했다. "더구나 이미 닥터 플레이슈만을 죽여 복수를 했잖아요. 아닌가요?"

닥터 케인의 얼굴이 환하게 밝아왔다. 마치 처음부터 자기가 바라던 바로 그 질문을 막스가 했다는 듯한 표정이었다.

"돈을 빌려가고 갚지를 못했으면 이자를 내야지. 하지만 이자를 냈다고 원금이 탕감되는 건 아니야. 그게 내 규칙이고." 마법사가 아주 또박또박 설명했다. "난 그걸 먹고 살거든. 제이콥과 비슷한 또래 아이들의 생명을 말이야. 내가 이 땅을 얼마나 오래도록 떠돌아다녔는지 아니? 내가 얼마나 많은 이름으로 살아왔는지 아느냐고, 막스?"

막스는 자신과 대화를 나누느라 보내고 있는 케인의 일분일초에 감사하면서 고개를 절레절레 저었다.

"몰라요. 얘기해주세요." 막스가 짐짓 두려움 반 경외심 반이 뒤섞인 표정을 지으며 기어들어가는 목소리로 말했다.

케인이 만족스러운 미소를 지었다. 그런데 바로 그 순간, 막스가 우려하던 일이 벌어졌다. 요란한 폭풍우 사이로 알리시아의 이름을 소리쳐 부르는 롤랑의 목소리가 들려왔던 것이다. 막스와 마법사의 시선이 허공에서 교차했다. 두 사람 모두 그 목소리를 들었던 것이다. 케인의 얼굴에서 미소가 싹 사라지더니 예의 그 피에 굶주린 배고픈 야수의 무시무시한 표정으로 돌아왔다.

"교활한 것!" 케인이 내뱉었다.

막스는 최악의 상황에 대비했다.

마법사가 막스의 눈앞에 손바닥을 쫙 폈다. 그러자 손가락 하나하나가 기다란 송곳처럼 변해갔다. 막스는 돌처럼 그 자리에 굳어버렸다. 그런데 바로 몇 미터 떨어진 곳에서 롤랑이 다시 알리시아를 소리쳐 불렀다. 케인이 뒤를 돌아보는 사이 막스가 뱃전 한쪽으로 몸을 날렸다. 그러나 마법사의 마수가 막스의 목덜미를 잡아채고는 천천히 뒤로 돌렸다. 이제 막스와 안개의 왕자가 코앞에서 서로 얼굴을 마주하고 있었다.

"네 친구 녀석이 네놈의 절반만 영리했어도 좋았을 텐데. 아무래도 너하고 계약을 맺어야 할 모양이로구나. 다음 기회에 그리하도록 하자." 마법사의 입에 군침이 돌았다. "그럼 다음에 또 보자, 막스. 그동안 잠수하는 법을 좀 배워두었기를 바란다."

마법사가 기관차 엔진만큼이나 센 엄청난 힘으로 막스를 바다 위 허공에 내던졌다. 막스의 몸은 활처럼 포물선을 그리며 허공으로 10미터쯤 날아오르다가 바다를 향해 낙하하더니 얼음처럼 차가운 바닷물 속으로 풍덩 빠져버리고 말았다. 이제 막스는 강력한 흡입력으로 자신을 빨아들이는 깊은 바다 어둠을 떨치고 물위로 떠오르기 위해 필사적으로 팔다리를 움직였다. 그렇게 정신없이 헤엄을 치다가 심장이 터져버리기 직전, 그는 절벽 몇 미터 앞 수면 위로 솟구쳐오를 수 있었다. 우선 크게 숨부터 들이마신 막스는 힘겹게 물 위에 뜬 채 조금씩 조금씩 파도에 밀려 절벽 쪽으로 밀려갔고, 거기서 앞으로 돌출된 바위를 붙들고 기어오른 뒤에야 안도의 한숨을 내쉬었다. 날카로운 돌 표면에 긁혀 여기저기 작은 상처가 났지만 어찌나 추웠던지 통증 같은 건 느낄 겨를도 없었다. 막스는 그렇게 죽지 않기 위해 싸우면서 몇 미터를 기어오르다가 마침내 바위 사이에서 파도를 피할 수 있을 만한 움푹 팬 틈바구니를 발견했다. 그곳에 쓰러지듯 누운 막스는 그 후로도 어찌나 공포에 떨었던지, 자신이 살아 있다는 사실조차 믿지 못할 지경이었다.

17

천천히 선실 문이 열렸다. 어둠 속 한구석에 웅크리고 있던 알리시아는 숨을 죽인 채 꼼짝도 하지 않았다. 안개의 왕자의 그림자가 선실 안으로 길게 드리워지고 있었고, 불붙은 석탄처럼 이글거리는 그의 눈동자 색깔은 금색에서 심홍색으로 바뀌고 있었다. 케인은 선실 안으로 들어와 알리시아 쪽으로 다가섰다. 알리시아는 그녀를 온통 사로잡고 있던 공포심을 감추고 도전적인 눈빛으로 케인을 노려보았다. 마법사가 소녀의 오만한 몸짓에 야비한 미소를 지었다.

"네 집안 내력인 모양이구나. 하나같이 영웅심에 불타는 걸 보면 말이야." 마법사가 상냥하게 말했다. "너희들이 맘에 들기 시작하는걸."

"도대체 원하는 게 뭐예요?" 알리시아가 떨리는 목소리에 최대한 경멸을 담아 말했다.

케인은 소녀의 질문에 대해 잠시 생각하는 듯하더니 차분하게 장갑을 벗었다. 그의 손톱은 비수처럼 길고도 날카로웠다. 케인이 알리시아에게 손가락을 들어 보여주었다.

"정해져 있지는 않아. 네 생각에는 네가 나에게 뭘 줄 수 있을 것 같니?" 마법사가 달콤한 목소리로, 그러나 여전히 똑바로 알리시아를 쳐다보며 물었다.

"난 당신에게 줄 게 아무것도 없어요." 그녀가 열려 있는 선실 문을 흘낏 훔쳐보며 말했다.

케인이 소녀의 생각을 다 읽었는지 검지를 흔들어댔다.

"그건 좋은 생각이 아니지." 마법사가 말했다. "그럼 다시 우리 문제로 돌아가볼까? 우리, 협정을 맺으면 어떻겠니? 어른 대 어른으로 말이야."

"협정이라니요?" 알리시아가 꿈속으로 빨아들이는 듯한 케인의 시선을 피하려 애쓰며 되물었다. 케인의 눈동자는 당장이라도 그녀의 의지를 탐욕스럽게 빨아먹을 것만 같아 보였다.

"말이 통하는 것 같아 좋구나. 자, 알리시아! 넌 제이콥, 아! 미안! 롤랑의 목숨을 구하고 싶지? 아주 잘생긴 청년이잖니." 마법사가 한 단어, 한 단어를 극도로 신중하게 골라가며 말했다.

"대신 뭘 내놓으라고요? 내 목숨을요?" 알리시아의 입에서는 미처 생각할 틈도 없이 이런 말이 튀어나오고 말았다.

마법사는 팔짱을 끼고 양미간을 찌푸리더니 잠시 생각을 하는 것 같았다. 알리시아는 케인이 절대로 눈을 깜빡이지 않는다는 걸 깨달았다.

"난 다른 거면 좋겠는데……." 마법사가 검지 옆면으로 아랫입술을 긁적이면서 말했다. "네가 낳을 첫 아이의 목숨은 어떻겠니?"

케인이 천천히 알리시아에게 다가오더니 자신의 얼굴을 소녀의 얼굴 앞으로 가져갔다. 들큰하고 역겨운 냄새가 강하게 풍겼다. 알리시아는 마법사의 눈을 똑바로 노려보며 그의 얼굴에 침을 탁 뱉었다.

"지옥으로나 꺼져버려요!" 그녀가 분노를 억누르며 말했다.

침방울은 뜨거운 다리미에 떨어진 물방울처럼 그렇게 허공으로 튀어버렸다.

"예쁜 아가씨, 거기가 바로 내 고향이란다." 케인이 말했다.

마법사는 천천히 장갑을 벗어 손을 알리시아의 얼굴 쪽으로 뻗었다. 소녀는 눈을 감았다. 잠깐 동안 이마 위로 얼음처럼 차가운 마법사의 손가락과 길고 뾰족한 손톱이 느껴졌다. 그 찰나의 시간이 알리시아에게는 영원히 끝나지 않을 시간처럼 길게만 느껴졌다. 마침내 발자국 소리가 멀어져가더니 선실 문이 다시 닫히는 소리가 들렸다. 마치 고압밸브에서 수증기가 빠져나가듯이 썩은 냄새도 선실 곳곳의 접합 부위를 통해 빠져나갔다. 알리시아는 엉엉 울며 화가 풀릴 때까지 사방 벽을 마구 때리고 싶은 충동을 느꼈지만 자제심을 잃지 않고 냉정을 유지하기 위해 애썼다. 여기를 나가야 했다. 지체할 시간이 없었던 것이다.

그녀는 선실 문으로 가 작은 틈새나 공략해볼 만한 균열 같은 게 없는지 더듬어보았다. 하지만 그런 건 전혀 없었다. 케인은 그녀를 오르페우스호 전임 선장의 유해와 함께 녹슨 알루미늄으로 된 무덤 속에 꽁꽁 가둬버린 것이다. 그때 갑자기 배가 요란하게 요동치는 바람에 알리시아는 바닥으로 세게 나동그라졌다. 그리고 잠시 후, 배 저 안쪽에서부터 나지막한 소리가 들려오기 시작했다. 알리시아는 문에 귀를 갖다 대고 가만히 들어보았다. 분명 물 소리였다. 엄청난 양의 물이 쏟아져 들어오는 소리. 알리시아는 그제야 상황을 파악하고 경악했다. 배가 물밑으로, 오르페우스호가 선창부터 시작해서 다시 바닷속으로 가라앉기 시작한 것이다. 이번에는 공포의 비명을 내지르지 않을 수 없었다.

* * *

롤랑은 알리시아를 찾아서 배 안을 샅샅이 뒤지고 다녔지만 헛수고였다. 오르페우스호는 그야말로 끝없는 복도와 꽉 닫힌 해치들이 즐비한, 미로로 이루어진 해저 묘지 그 자체였던 것이다. 마법사가 마음만 먹으면 알리시아를 가둘 곳은 얼마든지 있었다. 롤랑은 다시 선교로 돌아와 케인이 그녀를 어디에 가두었을까 생각해보았다. 그때 배가 요동을 치는 바람에 그는 중심을 잃으며 물에 젖은 미끄러운 갑판 위로 나동그라졌다. 그리고 그 순간, 바닥에 구멍이

나 있어 솟아오르기라도 한 것처럼 선교 위로 케인이 나타났다.

"다시 바닷속으로 침몰하는 중이야, 제이콥." 마법사가 주변을 가리키며 차분한 음성으로 말했다. "그야말로 시기적절한 것 같지 않니?"

"도대체 무슨 말을 하고 있는 건지 모르겠네요. 알리시아는 어디 있습니까?" 롤랑이 당장이라도 달려들 듯한 표정으로 소리쳤다.

마법사가 두 눈을 감더니 마치 기도라도 드리듯이 두 손을 모았다.

"이 배 어딘가에 있지." 케인이 조용히 대답했다. "멍청하게 여기까지 왔는데, 이제 와서 모든 걸 헛수고로 만들 수는 없는 일 아닐까? 어때? 그 여자애를 살리고 싶지 않아, 제이콥?"

"내 이름은 롤랑이에요." 소년이 단호히 대답했다.

"롤랑, 제이콥……, 또 다른 이름은 없니?" 케인이 웃었다. "나도 이름이 여럿이거든. 롤랑! 네 소원을 맞춰볼까? 네 여자 친구를 살리는 것. 맞지?"

"어디에 가둬뒀어요?" 롤랑이 다시 물었다. "젠장! 도대체 어디에 있냐고?"

마법사는 추울 때 하듯이 손바닥을 마주하고 비벼댔다.

"제이콥! 이 정도의 배가 가라앉으려면 제법 시간이 걸릴 거라고 생각하나 본데? 천만의 말씀이야. 길어봐야 2분이면 끝이거든. 정말 놀랍지? 안 그래? 자, 소원을 말해봐." 케인이 웃었다.

"당신이 원하는 건 제이콥이든 또 다른 이름이든, 나예요." 롤랑이 말했다. "당신에게 나를 넘길게요. 도망가지 않을게요. 그러니 그녀를 놓아줘요."

"역시 너답구나, 제이콥!" 마법사가 소년에게 바싹 다가서며 말했다. "시간이 얼마 안 남았다, 제이콥. 딱 1분 남았어."

오르페우스호가 천천히 옆으로 기울기 시작했다. 배 안으로 들어찬 물이 발아래로 고이고 있었고, 이미 취약해진 철제 구조물에 불과한 배는 종이 장난감에 염산을 부은 것처럼 안으로 미친 듯이 밀어닥치는 물 폭탄에 요동을 치고 있었다.

"내가 뭘 어쩌면 되겠어요?" 롤랑이 간절히 애원했다. "나한테 기대하는 게 뭐냐는 말이에요."

"제이콥! 이제 본론으로 들어온 것 같구나. 나는 네가 네 아버지 대신 나와의 계약을 이행해줬으면 좋겠다." 마법사가 대답했다. "더 이상 바라는 것 없어. 더도 말고 덜도 말고 딱 그거면 돼."

"아버지는 이미 사고로 돌아가셨어요. 그리고 나는……." 롤랑이 필사적으로 설명을 하려고 했다.

마법사가 두 손을 다정하게 소년의 어깨에 얹었다. 마법사의 손가락은 쇠꼬챙이 같은 느낌을 주고 있었다.

"30초 남았다, 얘야. 모든 이야기를 다 나누기에는 시간이 너무 짧다." 케인이 이야기를 정리했다.

물이 선교가 있는 상갑판 위에까지 차오르고 있었다. 롤랑이 마지막으로 간절한 눈빛으로 마법사를 쳐다보았다. 케인이 롤랑 앞에 무릎을 꿇고 앉아 미소를 지어 보였다.

"그럼 우리 계약한 거다, 제이콥?" 마법사가 속삭였다.

롤랑의 눈에서 눈물이 방울져 흘러내렸다. 그리고 천천히 고개를 끄덕였다.

"좋아, 좋아, 제이콥." 케인이 중얼거렸다. "집에 온 걸 환영한다……."

마법사가 일어서더니 손을 들어 선교와 연결된 복도 중 하나를 가리켰다.

"저 복도 제일 끝 방이다." 케인이 말했다. "하지만 내 충고 명심해라. 문을 열어도 이미 물바다가 되어 있을 거야. 네 여자 친구는 숨을 참고 있을 거고. 제이콥, 너는 훌륭한 잠수부니 뭘 어찌해야 할지 알 거다. 나와 한 계약, 잊지 말거라……."

케인이 마지막으로 미소를 지어 보이더니 망토자락을 휘감으며 어둠 속으로 사라져갔다. 남은 것은 선교에서 멀어져가는 발자국 소리와 선체 위에 남아 있는 흔적뿐이었다. 롤랑은 그대로 멍하니 서 있다가 배가 또다시 흔들리는 바람에 키에 부딪치며 정신을 차렸다. 물은 이미 선교에까지 차오르고 있었다.

롤랑은 마법사가 알려준 복도 쪽으로 몸을 날렸다. 천장의 해치에서는 압력 때문에 물이 방울져 떨어지고 있었고, 복도는 오르페우스호가 점점 바닷속으로 가라앉음에 따라 물바다로 변해가고 있었다. 롤랑이 주먹으로 선실 문을 힘껏 두들겨보았지만 반응이 없었다.

"알리시아!" 그는 철문이 워낙 두꺼워 들리지 않을 걸 알면서도 소리쳐보았다. "나 롤랑이야! 숨을 좀 참아! 내가 곧 구해줄게!"

롤랑은 수문 손잡이를 꽉 잡고 손바닥 껍질이 벗겨지도록 있는 힘껏 돌렸다. 이미 허리까지 찬 차가운 바닷물은 시시각각으로 더 높이 차오르고 있었다. 그런데 손잡이는 단 1센티미터도 움직이지 않았다. 롤랑은 다시 숨을 깊이 들이쉬고 힘껏 손잡이를 돌렸다. 이 번에는 조금씩 조금씩 손잡이가 돌아가기 시작했다. 얼음장처럼 차 가운 물이 얼굴까지 차오르더니 곧 복도를 완전히 채우고 말았다. 오르페우스호에 어둠이 내렸다.

수문이 열리자 롤랑은 캄캄한 선실 속으로 들어가 사방을 더듬 으며 알리시아를 찾았다. 잠시 동안이었지만 마법사가 그를 속인 게 아닐까, 여기에 아무도 없는 건 아닐까 하는 생각도 들었다. 온 몸에 통증이 밀려왔지만 물속에서 두 눈을 부릅뜨고 어둠을 헤치 며 뭐든 찾아보려 했다. 마침내 그의 손에 공포와 숨막힘과의 치열 한 전투를 벌이고 있는 알리시아의 옷자락이 잡혔다. 롤랑이 그녀 를 끌어안고 진정시키려 했지만 알리시아는 어둠 속에서 자신을 잡아당기는 게 뭔지 알 수 없었다. 알리시아가 몇 초 버티지 못할 거라고 판단한 롤랑은 그녀의 목에 팔을 두른 뒤 복도 바깥쪽을 향해 헤엄쳐 나가기 시작했다. 배는 계속해서 해저로의 하강 속도 를 높여가고 있었다. 알리시아는 공연히 버둥거려보았지만 롤랑이 그녀를 선교로 데리고 나가기 위해 복도를 지나 그녀를 끌고 나갔 다. 복도에는 물의 힘에 의해 오르페우스호 밑바닥에서 떨어져 나 온 온갖 잡동사니들이 부유하고 있었다. 롤랑은 선체가 바다와 충 돌하기 전에는 배를 빠져나갈 수 없다고 판단했다. 공연히 그 전에 배를 탈출했다가는 선체가 해저 바닥에 충돌하면서 일으키는 엄청난 소용돌이에 속절없이 휘말리게 될 것임을 알고 있었기 때문이다. 그러나 알리시아가 마지막으로 숨을 들이쉰 지 이미 30초가 경과했다는 사실도 무시할 수 없었다. 지금쯤이면, 더욱이 이렇게 패닉 상태에 빠져 있다면 이미 물을 먹었을 수도 있었다. 따라서 배가 바닥에 닿은 후 해상으로 올라간다는 것은 그녀에게는 죽음을 의미하는 것이었다. 케인은 게임을 치밀하게 준비해두었던 것이다.

오르페우스호가 바닥과 충돌할 때까지 기다리는 시간은 거의 영원과도 같이 느껴졌다. 그리고 마침내 충돌이 일어나자 선교 천장에 달려 있던 것들이 알리시아와 롤랑에게 쏟아져 내렸다. 롤랑은 엄청난 통증이 다리를 타고 올라오는 게 느껴졌다. 쳐다보니 발목 위에 거대한 철근이 가로 뉘어져 있었다. 오르페우스호가 발하던 빛도 서서히 사라져가기 시작했다.

찌르는 듯한 엄청난 통증이 다리를 타고 올라오는 와중에도 롤랑은 어둠 속에서 알리시아의 얼굴을 찾았다. 소녀는 두 눈을 부릅뜬 채 질식 직전의 사투를 벌이고 있었다. 더 이상은 1초도 버티기 힘들어 보였다. 꺼져가는 생의 마지막 순간을 담은 진주알 같은 최후의 공기방울이 그녀의 입술 사이를 비집고 새어나갔다.

롤랑은 그녀의 얼굴을 두 손으로 감싸 잡고 그녀의 눈이 자신의 눈을 보게 했다. 깊은 바닷속 한가운데서 두 사람의 시선이 교차하는 순간, 알리시아는 롤랑이 무엇을 하려는지 알았다. 그녀가 고개를 저으며 롤랑을 밀쳐내려 했다. 롤랑은 손가락으로 천장에서 떨어진 거대한 철빔에 깔려버린 자신의 발목을 가리켰다. 알리시아가 얼음장 같은 물속에서 헤엄쳐 내려가 어떻게든 철근을 치워보려고 애를 썼다. 두 연인의 절망적인 시선이 다시 교차했다. 그 누구도, 그 무엇도 롤랑의 발목을 짓누르고 있는 수천 킬로그램의 철근 덩어리를 치워줄 수는 없었다. 알리시아가 다시 돌아와 롤랑을 껴안았다. 이미 의식이 가물가물해지기 시작한 것이었다. 그러자 롤랑이 일순간도 기다리지 않고 알리시아의 얼굴을 끌어당긴 뒤 그녀의 입술에 자신의 입술을 포개고는 그녀를 위해 지금까지 참아왔던 숨을 불어넣었다. 애초부터 케인이 예상했던 시나리오 그대로였다. 알리시아는 숨을 들이마신 후에도 여전히 롤랑과 구원의 키스를 나누면서 그의 손을 꼭 쥐었다.

롤랑이 절망적인 눈빛으로 작별을 고한 뒤 마음과는 정반대로 그녀를 선교 밖으로 밀어냈다. 알리시아의 몸이 천천히 해수면을 향해 부상하기 시작했다. 그것이 알리시아가 롤랑을 본 마지막이었다. 몇 초 후, 만 한가운데로 솟구친 알리시아는 폭풍우가 저만치 심해 한가운데로 멀어져가고 있는 걸 보았다. 그 폭풍우는 그녀가 꿈꿔왔던 미래의 모든 소망도 가져가버렸다.

*   *   *

막스는 알리시아의 얼굴이 물위로 떠오르는 걸 보고는 곧바로 바닷속으로 뛰어들어 부지런히 누나를 향해 헤엄쳐 갔다. 알리시아는 거의 물에 떠 있는 것조차도 힘들어 보였고, 기침과 함께 수표면으로 올라오는 동안 마신 물을 토해내면서 뭐라 알아들을 수 없는 말들을 주저리주저리 쏟아내고 있었다. 막스가 그녀의 어깨를 감싸고 해안에서 2미터 정도 안쪽, 바닥에 발이 닿는 곳까지 끌고 나왔다. 빅터 크레이가 해변에서 기다리고 있다가 두 사람을 도우러 뛰어왔다. 막스는 빅터 크레이와 함께 알리시아를 물 밖으로 끌어낸 뒤 모래톱 위에 눕혔다. 빅터 크레이가 손목의 맥을 짚으려 하자 막스가 노인의 떨리는 손을 부드럽게 물렸다.

"살아 있어요, 미스터 크레이." 막스가 누나의 이마를 쓰다듬으며 말했다. "살아 있어요."

노인은 고개를 끄덕이면서 알리시아를 막스 옆에 놓아두었다. 그러고는 긴긴 전투를 치르고 난 병사처럼 터벅터벅 물이 허리에 차도록 바다로 걸어 들어갔다.

"나의 롤랑은 어디에 있는 거지?" 노인이 중얼거리다가 막스를 돌아보고 소리쳐 물었다. "내 손자는 어디 있는 거야?"

막스가 말없이 노인을 바라보았다. 가엾은 노인의 영혼과 지난 수십 년 동안 등대를 지키며 유지해온 기력이 손가락 사이로 모래알 빠져나가듯이 그렇게 빠져나가고 있었다.

"돌아오지 못할 거예요, 미스터 크레이." 마침내 막스가 눈물이 그렁그렁한 눈으로 말했다. "롤랑은 이제 돌아오지 못해요."

노인은 무슨 말인지 이해할 수 없다는 표정으로 막스를 쳐다보더니 결국 고개를 끄덕였다. 하지만 그러고도 갑자기 손자가 바다에서 솟구쳐 그를 향해 달려오기를 기대하는 것처럼, 그렇게 시선을 바다로 향했다. 바다는 천천히 평온을 되찾아갔고, 수평선 위 밤하늘에는 별이 총총 떠올라 있었다. 롤랑은 끝내 돌아오지 않았다.

18

폭풍우가 해안을 강타했던 1943년 6월 23일의 기나긴 밤이 지나고 이튿날, 막시밀리안 카버 부부는 막내딸 이리나를 데리고 해변의 집으로 돌아왔다. 이리나는 위험한 고비는 넘겼지만 완전히 회복되기까지는 몇 주 정도의 치료기간이 필요하다고 했다. 아침 해가 뜨기 직전까지 마을로 휘몰아치던 폭풍은 거리 곳곳에 쓰러진 나무와 전신주를 남겼다. 길바닥 여기저기에는 선착장에 계류 중이던 작은 배들이 밀려와 나뒹굴었으며, 집집마다 깨어진 유리창 파편들이 널려 있었다. 알리시아와 막스는 현관 앞에서 말없이 기다리고 있었다. 막시밀리안 카버는 시내에서부터 타고 온 자동차에서 내리는 순간, 두 아이의 얼굴과 찢어진 옷가지를 보고 밤새 뭔가 큰일이 있었음을 알아차렸다.

그러나 아버지는 아들 막스의 눈빛을 보고 질문을 던지려던 마음을 접었다. 어차피 지금은 아무런 설명도 들을 수 없을 거라는 걸 깨달은 것이다. 후일로 미루는 수밖에 없었다. 이다음에라도 설명이 가능해진다면 말이다. 세상에는 아무런 말 없이도, 특별한 이유 없이도 뭔가를 알아차릴 수 있게 되는 경우가 종종 있는데, 막시밀리안 카버가 지금 그랬다. 지난밤에 무슨 일이 있었는지 알 수는 없었지만, 그는 두 아이의 슬픈 눈빛에서 아이들이 다시는 돌아올 수 없는 인생의 한 시기의 마지막 장을 넘기고 있음을 볼 수 있었다.

막시밀리안 카버는 해변의 집으로 들어서면서 알리시아의 깊은 눈동자를 쳐다보았다. 딸아이는 아버지도, 그 누구도 대답해줄 수 없는 수많은 질문들의 해답이 바다 너머에서 떠오르기를 바라는 사람처럼 저 멀리 수평선을 멍하니 바라보고 있었다. 그리고 그 순간, 그는 딸아이가 자기도 모르는 사이에 부쩍 커버렸다는 것을, 멀지 않은 미래에 자신만의 해답을 찾아 새로운 발걸음을 내딛게 될 것이라는 사실을 깨달았다.

*   *   *

기차역에는 온통 기차가 내뿜은 증기로 가득했다. 마지막 승객들이 배웅 나온 친지와 친구들에게 작별인사를 건넨 뒤 서둘러 열차에 오르고 있었다. 막스는 처음 이 마을에 오던 날 보았던 낡은 시계를 올려다보았다. 시계 바늘은 완전히 멈춰 서 있었다. 짐꾼 소년이 막스와 빅터 크레이 앞으로 와 팁을 달라고 손을 내밀었다.

"짐들은 열차에 다 실었습니다."

등대지기 노인이 동전 몇 닢을 쥐어주자 소년이 동전을 세면서 저만치로 멀어져갔다. 막스와 빅터 크레이는 재미난 추억을 뒤로 하고 아무렇지도 않게 잠시 헤어지는 사람들처럼 그렇게 서로 미소를 교환했다.

"알리시아는 못 나왔어요. 아무래도……." 막스가 입을 열었다.

"괜찮아. 이해한다." 노인이 말했다. "내 대신 작별 인사 전해다오. 누나 잘 돌보고."

"그럴게요." 막스가 대답했다.

역장이 기적을 울렸다. 이제 기차가 출발할 시간인 것이다.

"어디로 가시는지 여쭤봐도 되요?" 막스가 선로에서 기다리고 있는 기차를 가리키며 물었다. 빅터가 미소 지으며 소년에게 악수를 청했다.

"발길 닿는 곳으로 가야지." 노인이 대답했다. "하지만 여기서 멀리 있지는 않을 거야."

다시 한 번 기적이 울렸다. 빅터 크레이만 승차하면 출발할 모양이었다. 차장이 객차 문 앞에 서서 기다리고 있었다.

"그만 가봐야겠다, 막스." 노인이 말했다.

막스가 노인을 힘껏 끌어안자 노인도 두 팔로 소년을 감싸 안았다.

"아 참, 너에게 줄 게 있단다."

막스가 노인이 건네주는 자그마한 상자를 받아 흔들어보니 안에서 짤랑짤랑 소리가 났다.

"안 열어볼 거야?" 노인이 물었다.

"나중에 가신 다음에요." 막스가 대답했다.

등대지기 노인이 어깨를 으쓱했다.

빅터 크레이가 객차 앞으로 가자 차장이 손을 내밀어 부축했다. 노인이 마지막 계단을 딛고 올라서는 순간, 막스가 갑자기 생각났다는 듯 달려왔다.

"미스터 크레이!" 막스가 불렀다.

노인이 무슨 일인가 싶어 돌아보았다.

"만나 뵙게 되어 반가웠어요, 미스터 크레이." 막스가 말했다. 빅터 크레이는 마지막 미소를 보내고 손가락으로 살짝 자기 가슴을 톡톡 건드리며 말했다.

"나도 그렇단다, 막스." 노인이 대답했다. "나도 그래."

기차가 천천히 움직이기 시작하더니 이윽고 화통에서 뿜어 나오는 증기도 아스라이 멀어져갔다. 막스는 기차가 지평선의 한 점으로 화하며 시야에서 완전히 사라져버릴 때까지 그렇게 플랫폼에 서 있었다. 그리고 노인이 건네준 상자를 열어보았다. 열쇠 꾸러미였다. 막스가 미소 지었다. 그건 등대 열쇠였던 것이다.

에필로그

여름의 끝자락에서 수 주 동안 전쟁 소식이 끊임없이 들려오자 사람들은 이제 전쟁이 초읽기에 들어갔다고들 수군거렸다. 막시밀리안 카버는 교회 광장 부근에 작은 시계방을 열었고, 곧 마을에는 막스의 아버지가 운영하는 그 작고 신비로운 점포를 다녀가지 않은 사람이 하나도 없을 정도가 되었다. 막내 동생 이리나의 건강은 완전히 회복되었는데, 그사이 해변의 집 계단에서 있었던 사고 같은 건 다 잊어버린 것 같았다. 이리나는 날마다 엄마와 손잡고 해변을 거닐면서 조개껍데기나 작은 화석 조각 같은 것을 주워 모으는 게 일상이 되고 있었다. 가을에 학교에 가서 친구들에게 자랑하며 친구들의 부러움을 한 몸에 받을 생각에 신이 난 것이다.

막스는 등대지기 노인의 뜻에 따라 매일 해질녘이면 자전거를 타고 등대로 달려가 동이 틀 때까지 불을 밝혀 밤바다를 항해하는 배들의 길잡이가 되게 했다. 그리고 빅터 크레이가 평생을 그랬던 것처럼 등대 꼭대기에 올라가 창밖으로 바다를 내려다보기도 했다.

그러던 어느 날, 막스는 롤랑의 통나무집이 있던 자리에 나와 앉은 알리시아 누나의 모습을 보았다. 누나는 그곳에 자주 들르곤 했던 것이다. 알리시아는 늘 혼자 해변을 찾아 몇 시간이고 그렇게 앉아 바다를 바라보곤 했다. 남매는 예전에 롤랑과 함께 지냈던 그 시간만큼 그렇게 많은 이야기를 나누지는 않았다. 그리고 알리시아는 그날 밤 바닷속에서 있었던 일에 대해 철저히 침묵으로 일관했다. 막스는 처음부터 누나의 침묵을 존중하기로 했다. 초가을의 문턱으로 들어서는 9월 말에 접어들 무렵, 안개의 왕자에 대한 기억은 이미 한낮의 백일몽이기라도 했던 것처럼 그들의 기억에서 깨끗하게 지워지고 있는 것 같았다.

그러나 막스는 이따금 저 아래 해변에 혼자 나와 앉은 누나의 모습을 지켜볼 때면 언젠가 징집을 당하게 되면 이번이 이 마을에서 보내는 마지막 여름이 될지도 모른다고 아쉬워하던 롤랑의 말이 기억났다. 이제 남매는 그 일과 관련해 한마디도 하지 않았지만, 막스는 알고 있었다. 롤랑의 추억과 셋이 함께 마법을 경험했던 지난여름의 기억이 영원히 그들과 함께하리라는 것을.

『안개의 왕자』의 작가 카를로스 루이스 사폰은 세계적인 명성을 얻고 있는 몇 안 되는 젊은 작가 중 하나다. 2000년대 들어 『바람의 그림자』와 『천사의 게임』으로 그 필력을 인정받았고, 독자들의 환호와 박수를 증명이라도 하듯 스페인을 비롯해 미국, 프랑스, 네덜란드, 노르웨이, 캐나다, 벨기에, 영국, 포르투갈 등지에서 최고의 작가에게 수여하는 갖가지 상을 휩쓴 전력이 있으며, 국내에도 수많은 마니아들을 확보하고 있다. 그런데 그의 작가로서의 길은 실은 『안개의 왕자』와 『9월의 빛』『한밤의 궁전』에서 시작되었으며, 그는 이 연작 시리즈를 통해 무한 상상력과 탄탄한 필력의 작가적 역량을 진즉에 아낌없이 드러낸 바 있다.

카를로스 루이스 사폰의 처녀작 『안개의 왕자』는 환상과 모험,

아름다운 로맨스가 절묘하게 어우러진 소설이다. 온갖 미스터리로 둘러싸인 카버 가 사람들의 해변의 집이 무대의 중심이며, 그 속에서 수년 전 익사 사고로 숨진 어린 제이콥에 얽힌 미스터리한 사연과 활기차고 풋풋한 에너지를 발산하는 십대 소년 소녀 막스, 알리시아, 롤랑의 모험담이 펼쳐진다. 그리고 그 끝에는 인간의 소원은 무엇이든 이루어줄 수 있는 막강한 능력의 소유자이되 그 대신 무조건적 복종과 헌신이라는 값비싼 대가를 치르게 하는 악마적 존재 '안개의 왕자' 닥터 케인이 버티고 서 있다.

작품 속에 등장하는 독특한 상징물 '거꾸로 가는 시계'는 세월에 좀먹고 싶지 않은 닥터 케인의 욕망을 함축적으로 담아내고 있다. 순리를 거스르는 욕망의 추구가 바로 그것이다. 그는 또한 오손 웰즈 감독의 영화 〈시민 케인〉을 떠올리도록 독자들을 자극한다. 성공의 대가로 유년시절을 상실해버린, 그래서 모두 얻었지만 모두 잃고만 비극적 영웅 케인을 말이다. 아들 케인을 도시로 보내는 계약을 맺는 아버지의 모습과 수십 년 뒤 안타깝게 잃어버린 추억과 꿈 '로즈버드'를 읊조리며 죽어가는 케인의 모습은 자신의 욕망을 이루기 위해 태어날 아들을 대가로 치르기로 한 제이콥의 아버지, 그리고 그 약속의 대가로 끝내 목숨을 내놓아야 했던 제이콥의 모습과 중첩된다. 작가 카를로스 루이스 사폰이 가장 존경하는 마음속 영웅이 1985년에 작고한 〈시민 케인〉의 감독 오손 웰즈였다는 건 결코 우연이 아닌 듯싶다. 문득 약속이란 깨지라고 있는 것이라는 항간의 속설이 떠오른다. 그러나 아무리 생각하고 다시 생각해봐도 약속은 지키기 위해 존재하는 게 아닐까 싶다. 그러기에 쉽게 해서는 안 되는 것이 또한 약속이기도 하고.

작가는 환상의 동물인 용에 심취하고, 망고 치즈케익을 좋아하며, 미지의 땅이라면 어디든 여행하려고 달려드는 어린아이 같은 심성의 소유자로 알려져 있다. 또한 툭하면 신뢰해서는 안 될 사람까지도 덜커덕 믿어버리는 못된 습성을 가지고 있다고 스스로를 평하기도 한다. 그런 그이기에 '안개의 왕자' 닥터 케인을 만들어낼 수 있었고, 영화 〈타이타닉〉을 연상시키는, 알리시아와 롤랑의 짧지만 강렬한 사랑 이야기를 창조해낼 수 있던 게 아니었을까 싶다.

번역을 마치고 책장을 덮는 순간, 마치 한 편의 영화를 감상한 후 하얀 스크린 위에 검은 글씨로 된 깨알 같은 엔딩 자막이 올라가는 듯한 느낌에 빠졌다. 의외로 제일 먼저 생각난 것은 십대 시절에 가슴 설레며 보았던 산드라 디 주연의 영화 〈피서지에서 생긴 일〉이었다. 오랜 시간이 흐른 뒤 문득 그 영화를 떠올릴 수 있었던 것만으로도 『안개의 왕자』는 제 역할을 톡톡히 해낸 게 아닐까? 누구보다 먼저 『안개의 왕자』를 읽을 수 있었다는 게 행복했고, 내가 가장 아끼고 사랑하는 사람들에게 제일 먼저 보여주고 싶다는 이기적인 욕심이 마음속 깊은 곳에서 안개처럼 스멀스멀 피어오르는 걸 느꼈다. 많은 독자 여러분이 나와 똑같은 행복과 욕망을 느낄 수 있기를 바란다.

유난히도 춥고 눈이 많았던 겨울이었지만 『안개의 왕자』에 파묻혀 두문불출하느라 추위도 폭설도 피부로 느끼지 못했다. 오히려 푸르른 쪽빛 바닷속 저 아래를 여유롭게 헤엄치고 나온 기분이다. 오늘도 지붕 위에는 잔설이 남아 있다. 그리고 시계바늘은 언제나의 그 방향으로 재깍재깍 소리를 내며 돌아가고 있다.

겨울잠이라도 자듯 게으름 속으로 빠져들고 싶은 유혹을 떨치고 혹한의 겨울 내내 좋은 책을 만들기 위해 애써주신 '살림출판사' 가족에게 고개 숙여 감사드린다.

나만의 로즈버드를 추억하며

김수진

안개의 왕자

펴낸날   **초판 1쇄 2010년 4월 12일**

지은이   **카를로스 루이스 사폰**
옮긴이   **김수진**
펴낸이   **심만수**
펴낸곳   **(주)살림출판사**
출판등록 1989년 11월 1일 제9-210호

경기도 파주시 교하읍 문발리 파주출판도시 522-1
전화 031)955-1350   팩스 031)955-1355
기획 · 편집 031)955-4696
http://www.sallimbooks.com
book@sallimbooks.com

ISBN   978-89-522-1352-5   03870

※ 값은 뒤표지에 있습니다.
※ 잘못 만들어진 책은 구입하신 서점에서 바꾸어드립니다.

책임편집 **신청**